名│家│散│文│自│选│集　升级版

林文月
散文 自选集

林文月——

著

长江出版传媒　长江文艺出版社

图书在版编目（CIP）数据

林文月散文自选集 / 林文月著. -- 武汉：长江文艺出版社，2023.5
（名家散文自选集：升级版）
ISBN 978-7-5702-2808-9

Ⅰ.①林… Ⅱ.①林… Ⅲ.①散文集－中国－当代 Ⅳ.①I267

中国版本图书馆CIP数据核字(2022)第122977号

本著作物经九歌出版社有限公司授权，在中国大陆出版、发行中文简体字版本。

林文月散文自选集
LIN WENYUE SANWEN ZIXUANJI

| 责任编辑：程华清 | 责任校对：毛季慧 |
| 装帧设计：壹诺 | 责任印制：邱 莉 杨 帆 |

出版：长江出版传媒 长江文艺出版社
地址：武汉市雄楚大街268号　　邮编：430070
发行：长江文艺出版社
http://www.cjlap.com
印刷：武汉中科兴业印务有限公司

开本：640毫米×970毫米　1/16　　印张：12.5　　插页：1页
版次：2023年5月第1版　　2023年5月第1次印刷
字数：151千字

定价：36.00元

版权所有，盗版必究（举报电话：027—87679308　87679310）
（图书出现印装问题，本社负责调换）

林文月散文观

　　散文的经营，是必须费神劳心的，作者万不可忽视这一番努力的过程。但文章无论华丽或朴质，最高的境界还是要经营之返归于自然，若是处处显露雕凿之痕迹，便不值得称颂。南朝宋代颜延之与谢灵运，俱以华丽的诗风见重于世，江左称"颜谢"，但南史记载延之尝问鲍照（一作汤惠休）己与灵运优劣，照曰："谢五言如初发芙蓉，自然可爱；君诗若铺锦列绣，亦雕绘满眼。"颜延之闻后深以为憾！颜谢二家的诗，便足以说明经营的不同结果。至于由经营而出，达到"行于当行，止于当止"的化境，那是一切文学家、艺术家要穷毕生精力追求的最崇高目标了。

——节录《午后书房》代序

目 录 | CONTENTS

辑一　书情

我的读书生活 …………………………………………… 003
书情 ……………………………………………………… 006
记忆中的一爿书店 ……………………………………… 009
阳光下读诗 ……………………………………………… 014
怕羞的学者 ……………………………………………… 020
一本书 …………………………………………………… 025
你的心情 ………………………………………………… 030
终点 ……………………………………………………… 035
一叶文集 ………………………………………………… 038

辑二　欢愁岁月

父亲 ……………………………………………………… 043
给母亲梳头发 …………………………………………… 045
给儿子的信 ……………………………………………… 049
欢愁岁月 ………………………………………………… 054

因百师侧记	059
温州街到温州街	064
一位医生的死	071
尼可与罗杰	077
脸（外一章）	086

辑三　窗外

台北车站最后一瞥	093
东行小记	099
迷园	103
白夜	110
佛罗伦萨在下雨	114
路易湖以南	118
步过天城隧道	122
窗外	129

辑四　幻化人生

交谈	137
作品	141
风之花	145
幻化人生	151
佛跳墙	156
糟炒鸡丝	161
秋阳似酒风已寒	165
夜谈	170
A	179

辑一

我的读书生活

　　以教书为职业，嗜好写作及翻译的人，日常生活中，读书自然是必要的。许多学者以研究室为家，日夜埋首书城里；我却不然，主要的读书处所，是在家里。其原因有二：一是客观环境使然。我的研究室在文学院古老的大楼内，占地大约十二坪，由五个人共同使用。五张书桌，及左右两壁的书橱，已使活动空间变得极有限，虽然五人同时在室内的机会不多，但学生随时进出，又难免有同仁过访寒暄，致令精神分散，无法专心读书；不过，授课前的准备，与学生讨论课业问题，倒是经常在那堆满书籍的研究室一隅进行。二是主观因素使然。我生性疏懒，又身兼家庭主妇，居家读书，可以同时处理家务，比较心安理得。但是，读书容易进入物我两忘之境界，所以开水壶一定要用鸣笛型，若炉上炖肉，则事先须在卡片上书写"注意火炉"四个大字，放置于书旁明显处。这是多年来从失败经验中悟得的警惕方法。

　　书房不大，所以必须有机地利用。十余年前搬家之初，这一方空间便是我自己设计的：三面书橱环围，由地面达于天花板，最高处与最低处，放置较少用的书，例如重复的散本书及线装书；书桌与书橱相连成"L"型，坐临书桌前，桌面延伸而与书橱联结的右手边，放置各种工具书，故而无论阅读、写作或翻译，有关词汇、年代等基本问题及疑难，随时侧身探手，便可得而查证之。

书房里收藏的净是古典书籍，以及与其相关之论著。我在书房内所阅读的，也以古典书籍为主，或为教学，或为论文研究，多属严肃内容，所以端坐桌前，心境亦随之庄严。教书研究的对象虽以古典文学为主，但我所参考的资料则未必仅限于中文书籍，外文译者或外国学者的研究成绩，往往给我更多的反省与思索，所以桌面上经常摊放各种语文的参考书籍。读书时，我习惯将主要版本的书籍摆在几上或小书架上，面前铺置卡片或笔记，左右两旁则依其相关性深浅而远近叠放各书。偶尔因阅读需要，也得起身抽取更远处摆列的书籍，至于各种书排列的方法，虽不足为外人道，却自有我个人的条理，所以上下左右之间，倒也容易寻找得到。

书房的光线不够充足，所以无论阴晴昼夜，都须扭开台灯，找书或参考资料较复杂时，则又须亮起一盏中央的吊灯。积习多年，反觉得灯晕温暖，可以镇静我心；镇静我心者，另有座位左侧稍远处的书橱中散放出的幽香。每天早晨进书房，先点燃一炷香在母亲遗像前，闻着那香味，仿佛母亲并未离去，始终含笑伴我读书。寒冬夜读，新沏一壶茶于案前，茶香微微，水汽袅袅，愈添增读书之乐，倘若有所领会，忽有一得，其乐更无穷了。

其实，居家读书，倒也不限于在书房内正襟危坐，除了厨房之外，其余各房间也都有书柜和书架，放置着各类书籍刊物。譬如起居室内的壁橱，也是上达天花板，我将书房里容纳不下的闲书排列在此。看闲书的心情自然比较轻松，有长椅可以斜卧，靠垫权充枕头，随兴所至地浏览，但我现在所读的文艺作品，多属短篇小品，长篇巨著无法在忙碌的生活中阅读。回想起来，大部分的大部头中外小说，是在中学时期读过的。

家里当然也有许多种订阅及赠阅的报纸、杂志散置于客厅及餐厅的书架上。片段的休息时间匆匆读过，但是常感遗憾，作为今日知识分子，应读的书籍太多，时间和精力却不敷为用，便有时将想读而未读之书刊搬到床头柜上。睡前零星看些文章，有时颇收催眠之效，有时则愈助失眠，而日积月累，枕外咫尺处，竟也俨然另一个小书桌规模呈现了。

1988 年 1 月

书　情

　　岁聿其莫。每值岁暮，总要彻底清理书房，许多年来，这已成为我个人例行事务中的重要一项。

　　我自忖虽然未必称得上有洁癖，但恐怕已接近洁癖边缘当无疑。设若处身于杂乱环境中，必会心绪焦躁坐立难安，无法做事。所以习惯上，每年要请清洁公司的人来大扫除三次，分别在端午、中秋及春节之前，也趁机丢弃一些堆积无用之杂物。这是我维持家居生活整洁雅观的一个原则。

　　不过，唯独书房则无法勤加清理，即使清洁公司的人来时，也只能代为擦灯抹窗吸地毯，做些表面性的工作而已。因为书房虽小，书物却不少，清理起来，小小一个角落便会耗去很多时间、体力与精神，故而只能每年在岁暮时分大清一回。

　　清洁的工作其实并不怎么困难，至多也只属于劳力的层面罢了，麻烦的是整理的部分。书籍随时在增加，但书房的容量有限，原先的分门别类安排已就绪，一年内新加入的书，往往都是暂时置放于同类部门之上。日积月累，横堆竖积，以待年度清理之际再予重新安排。

　　书房不能像家里的其他房间可以任意清理的另一原因，是由于工作关系，书桌上经常摊放着一些正在进行的研究或书写计划，其相关的书籍、资料，或卡片、字条等物，看似重叠杂陈，实则乱中有序，一旦假手他人，必破坏那固有的秩序，不易再排出一个原来的乱中之条理来。

然而，这杂乱也有际限。一年累积，书房里委实乱得可以，到处暂时放置的书越来越多，以致每天早晨可以拭擦的桌面越剩越少。到这个时候，我洁癖边缘的脾性庶几已届忍耐的最后界限。每至岁暮时分不能安心读书思考写作的原因，大概不一定是受到外界过年气氛的感染，盖又与书房内一片紊乱已极的具体景象多少有关联。

遇着枯坐多时，自觉灵气困蹶，文思滞碍气馁时，不如索性掷笔，当机立断，毅然推书而起，面对这终究必须面对的清理事务。

一般而言，我常会选择距离书房的心脏部位——书桌较远处开始清理，因为那种边角地带搁置的书物，多半与我的教书研究之正业稍远，整顿起来心情显然轻松得多；至于靠近书桌周围，则总是与正业息息相关，每一本书、每一种资料的安排，都得十分谨慎费神，否则恐将不利于下一年度的工作效率，甚至还会影响到工作成绩也说不定。

也就是因为这种远近有别的层次安排，如若新增加的书籍过多而为书房所容纳不下时，边角地带原先排列或搁置的书物便成为优先考虑迁移，乃至于赠送或丢弃的对象。

十余年前初搬来时，我第一次拥有此间完全属于自己的天地。这里面每一寸空间，莫不经过我精心的设计，所以虽云不大，却非常实用。三面环绕的落地书橱，直达天花板，不仅排列各种书籍，还特别留下小小角落，布置一些个人收藏多年的珍玩。读书写作之暇，流目赏览，颇为怡然自得。但这许多年以后，书籍泛滥，不得不逐渐予以调整收敛。首先收而藏之的，是那些点缀各个角落的珍玩收藏；接着，愈显庞大的新文艺创作一类书，也只得另觅藏处，索性全部移陈于隔壁客间的两排书架上。而今年，为了安放一部分新购得的重要精装书，犹豫再三，我狠心将收集近十年的两种期刊赠与朋友，因为不仅书房已达饱和状况，家里其他各房间内可容书处也都拥挤不堪了。

有些割舍，不得不然，书籍如此，其他人事又何尝不然？虽则当时甚至其后的心中悲伤不忍，难以言喻，但人生总有一些不得已的割舍，或因主观的原因，或因客观的考虑，往往在所难免。在适当的时候作适当的割舍放弃，恐怕竟也是一种处世的艺术吧。

依恋难舍，摩挲复摩挲，其间不免翻阅回味。就因为多了这一层感性的顾虑，书房的整理工作，常不能爽快利落，三坪大的空间，竟然费去整整两天的工夫。

现在，这里面一切就绪，而且又十分干净。我带着工作后的疲惫掺杂着快慰的感觉，颓然埋入座椅中，环视四周，觉得虽然割舍了一部分心爱的书刊，但这小小的天地仍然十分熟悉十分温暖。我仰头看层层书籍排列整齐，有待我今后抽取阅读，不时投之以友善的目光，而书籍层层仿佛亦报我以有情之反顾。

1985 年 6 月

记忆中的一爿书店

有时候我觉得疑惑不解，人的一生之中，到底是因为受到一些人的影响或一些事的启示而使他奋发上进，乃至成为不朽的伟人呢，抑或是因为这个人物已为众人所瞩目，故而他所遭遇的人与事就要变成众口传颂的故事？例如孟母三迁的故事，究竟是因为孟轲有一位贤惠的母亲影响其一生，奠定孟夫子日后不朽的人格与著述的基础呢，还是因为孟子的著述人格，而使他幼年时期的故事为人所乐道？华盛顿与樱桃树的故事，何尝不可以从两方面来解释？如果那个诚实的男孩子后来没有成为美国总统，他的父亲，那棵樱桃树和那把斧头之间的故事竟会传遍全世界吗？又如曹冲称象、牛顿观察苹果落地，以及阿基米德浴池中的发现，等等，其实都是看来极平凡的事情，却变成了人类历史上轰动、伟大的故事。苹果随时随处都在掉落，载物重则船沉，池满则水溢，这些寻常的现象，倘非发生在不平凡的人物身上，又如何能成为惊天动地的道理根源呢？然则毋宁说，许多事件是借不平凡的人物而在历史上大放光明了。

可是，一个平凡的人在其一生当中，会不会也有一些人物或事件影响他、刺激他，给他启示呢？我想或多或少是有可能的。只不过因为那些故事的主角本身平凡无奇，所以许多的人与事便也在历史的洪流中悄悄淹没失传罢了。回顾我的过去，竟觉得没有一个人或一件事是印象深刻，令我毕生难忘的。有时便不免自嘲，这或即是自己平平凡凡一事无成的原因吧。不过，这样说，倒也并非意味着在过去的日子里竟一无记忆可追寻；零零星星的小事情居然也点缀在生命的五线谱上，经常在我不小心回头的时候，便会听见丁当作响，只是那些声音微弱得只有自己听得到。也许，我现在就把其中的一点流放出来吧。

　　我幼年时居住在上海闸北的日本租界。小学一年级是按学区被分派入日本官方主办的"第一国民学校"。我的家在江湾路，正当虹口公园游泳池对面。每天上学，须先跨过家门前的一条窄窄的铁路，然后沿着虹口公园走；虹口公园的尽头，有一座日本神社；继续走下去便是整洁的北四川路了。马路当中是有轨电车的终站地段，人行道则由方块的石板铺成。这段路是我最喜爱的，我很少规规矩矩走完这段路，不管是一个人走或有同伴，总是顺着那石板跳行，有时也踢石子跳移。夏天，高大的梧桐树遮蔽了半条街；秋天，则常有落叶追赶在脚步后。

　　在这一条北四川路的中心点，比较靠近学校那边，有一排两层楼洋房。前面一段是果菜市场和杂货店一类的店面，母亲有时也到那里去购物；那后段却是我喜欢去的地方，有一家文具店和一爿书店。早晨去上学时，因为赶时间，又由于时间太早，店门总是锁着的，所以我只能从那沿街的大玻璃窗望进去。夏季里，常常会碰到朝阳晃朗反射耀目，不太容易看到店内的景象；冬季里，则又往往因窗上结冰霜，故只见白茫茫的一片，有时禁不住会用戴手套的指头在那薄冰上面随便画一道线，或涂抹几个字什么的，心想放学时一定要进去。

　　小学一年级的功课既少又轻松，通常在上午十一点半就放学了。家里因为要等父亲回来吃午餐，不会太早开饭，所以我几乎每天都在归途中溜进那爿书店去看不花钱的书。那时候的学生好像不作兴带钱，我们家更有一种不成文的规矩，孩子们要等到上了中学才可以领受零用钱，因此我身上当然连一个铜板也没有；尽管没有带钱，我倒也可以天天在那书店里消磨上半个钟头，入迷地看些带图的《伊索寓言》等书。我最喜欢嗅闻那些印刷精美的新书，那种油墨真有特别的香味！一边看书一边闻书香，小小的心里觉得快乐而满足，若不是壁上有似鸟鸣的钟声，真怕会忘了肚子饿忘了回家哩。

那爿书店有多大呢？我已无法衡量了。当时觉得十分大，四壁上全都是书，但那时我个子矮小，如今回想起来，那店面也许并不一定真大。记得在进出口处有一座柜台，里面总是轮流地坐着一个中年男子和一个老妇人，大概是母子吧。别人经过那个柜台，差不多都要付了钱取书走；我却是永远不付钱的小"顾客"。其实那样溜进溜出，倒真有点儿像进出图书馆一般自在，而他们母子也从来没有显出厌嫌的样子；相反的，那中年人还常常替我取下我伸手够不着的一些书。那老妇人弯着腰坐在柜台后面，每回我礼貌地向她一鞠躬，她会把眼睛笑成一条缝，叫我明天再来玩。日子久了，和他们母子变得有些熟稔起来，偶尔伤风感冒或什么的请一天假，他们甚至还会关怀地问"昨天怎么没来呀"一类的话。

那是一个夏天中午，放学途中忽然下起倾盆大雨来，我快速地从学校跑到书店，但雨势实在太大，到达书店时，已是全身上下都湿透了。不过，我满不在乎，只在门口跳几下，把身上的雨水抖落了一些，便走进店里。我站立的地板上，不久就积了一摊水。头顶上的电风扇不停地旋转着，那凉风吹在湿透的身上，不由得叫人打了好几个喷嚏。身上微微发抖，觉得快要生病的样子，可是离家还有相当长的路程，所以只好继续站着看书。

这时，那个中年的店主人走过来，示意我跟他上后面二楼的房间。那是两间窄小的日式住室，里面有点幽暗。随后，那老妇人也上楼来。她提了一壶热水，替我拭擦头发、脸孔和身体，又拿来一套很宽大的衣服让我换穿。不知为何，我竟乖乖地按照她的意思去做，也许当时除此而外也别无他途吧。一身都干爽之后，他们又铺了一个床铺，叫我躺下。大概我是真的受凉感冒了，所以居然睡着了。

不知过了多久，我迷迷糊糊醒来，发现自己躺在一个陌生的房间陌生的床上。那老妇人正俯视着我，虽然她的脸上堆满慈祥的笑容，我还是吓哭了。许是联想到一些童话寓言中受坏人诱拐的情节吧。老妇人用枯瘦的手抚摩我的短发，哄我、安慰我，又叫她的儿子端了一碗不知什么热腾腾的东西来。我像梦游似的坐起，把那碗东西吃下。肚子里充实了，身上也就有气力了。

中年男人问我家的住址和电话号码。老妇人叫我到隔壁房间去换穿我自己的衣服。原来，她已将我的湿衣烘干或烫干了。在换衣服的时候，我听见那男人在电话中讲话，好像是在同我母亲说话的样子。我忽然掉下眼泪，不知是因为惊心还是安心。

未几，母亲雇了一辆黄包车来接我回家。雨还没有停，正在屋檐外淅淅沥沥滴着水珠。我听到母亲同他们母子用日语在寒暄道谢，又看见双方有礼地一再鞠躬；可是我自己倒像置身事外，做梦一般，有一种不真实的感觉……

在我平淡无奇的过去里，这是我时时想起的往事之一，虽然没有什么悬宕的高潮，也没有什么动人的结局，我甚至不晓得这整个的事情是否可以算是一个故事。但是，每次回忆时，仍有一种如梦似幻的感觉；那种温馨的情绪也始终留存在心底。

那爿书店叫做什么名字呢？我完全记不得了。那好心的店主人母子姓什么呢？我也一直不晓得。说实在的，我连他们的模样儿也早已经忘掉了。然而有时不免想：我从小喜欢读书，而在这平凡的生活里，从过去到现在，一直与书本有密切的关联，我读书又教书，看书也写书。是什么原因使我变成这样子呢？我不明白。只有一点可能：在我幼小好奇的那段日子里，如果那爿书店里的母子不允许我白看他们的书，甚至把我撑出店外，我可能会对书的兴趣大减，甚至不喜欢书和书店也未可知。

人海茫茫，许多人和事都像过眼云烟似的消逝了，但是有些甜蜜而微不足道的往事，却能这样子叫人怀念。我不知道这个事实是不是对我曾发生过什么启示或影响，只觉得那种温暖竟比一些热烈的欢愁经验，更令我回味无穷。

1979 年 3 月

阳光下读诗

这本书摊在膝盖上，沉甸甸的，颇有些分量。这本约莫十六开大小的精装书，有三百多页，大概是因为从前的人把印书很当一回事的缘故罢，纸张厚厚的，十分讲究；不过，也就因为十分讲究而令书在膝上愈为沉重了。

长雨过后忽晴。晴空万里，苍天无半丝云气，使人置疑，昨夜以前的云雨阴霾究竟是真实还是长长的梦魇？老天是最神奇的魔术师，翻手作雨覆手为晴。这样的晴天，不晒晒太阳太可惜，但徒然晒太阳又未免无聊，遂自书架上顺手取了一本书走到阳台来。这一本沉甸甸朱红色布纹精装书，便是如此颇有分量地落在膝上的。

其实，在方方正正稍带一些古拙趣味，就像一个老派英国绅士的书皮之外，原本还有一个分毫不差紧密配置的墨色纸皮书箧，是因嫌其累赘而取下留在书桌上了。

朱红色布纹书面的右下方，有墨色的线画，是一只仙鹤上骑着一个老者，大概是意味着仙人的罢，鹤的下端有一片浮云。那云、仙鹤与老仙人分明是中国的，但每一根线条，分明不是中国画的线条。这一点，不用行家辨析，任谁都一眼可识。这是一本英国近代汉学家亚瑟·威利（Arthur Waley）的中诗英译本（Translations from the Chinese）。

想起来自觉有些腼腆。这本书买来已经年余。当时从书店买回来，只略略翻看一下，便上了书架，没想到一上书架就没有再取下来。日子总是忙忙乱乱，要做的事很多，要读的书也很多，终于没有轮及读这一本书。

记得是一个夏天的夜晚，饭后开车，经过那一条街，被辉煌又含蓄的灯光吸引而驻车走进一家旧书店。那一条街道的许多店都熄灯打烊了，只餐厅和酒店有红色绿色的霓虹灯闪耀着。旧书店的灯黄黄的，明亮却单调，店面意外地宽敞深奥。前面卖些月历、本子、卡片类文具，后面的旧书籍倒是整理得有条不紊。我随便浏览过去，在与东方相关的一隅停步细观。其实，与东方相关之书籍并不多，又杂有印度、日本、韩国方面的书。我关心的与中国有关的书则又大多系政治经济新闻性的书籍，文学的或学术的少之又少。在少之又少中，这本威利的英译诗集，反而很快地引起了我的注意。

这么厚的一本精装书，应该不便宜。但我一向对数字没有记性，便也忘了，收据也早已丢了。可是翻动膝上的书，却看到用铅笔字书写着：12.5 美元。加上税金，应该是 14 美元的样子。

14 美元，约合台币三百多元，还不到四百元。四百元不到就能购得一本保存完好的旧书。我不禁深深庆幸起来，手指在纸张上面游移，感觉出那泛黄的纸的质感。面对一本有年代的书，有时候反而不急于去阅读它的内容。前后翻动，摩挲纸张，欣赏字体，都是极快乐的经验。

这本诗集是 Alfred A. Knopf 出版的第二版书，印制时间在 1941 年，初版则是 1919 年。当然比不得宋版明版善本书，不过也已经逾越半个世纪。倘换为人，合当是风霜在颜，萧疏鬓斑，看尽世态炎凉的年纪了。只因为书不言语，静静地伏卧膝上，任我翻弄。

我在春风微寒的阳光下翻弄一本英国学者翻译的中国诗集。阳光自背后照射，令我感觉腰背之际有一种难以言喻的温暖舒适。书在我自己的身影之下，所以读起来并不耀眼。字大行疏，这对于现在的我，毋宁是更为方便的。

威利的序言并不长，只简单说明中国古典诗与英诗在内蕴与技巧方面的异同，特别强调西方诗人以爱情为主调，古代的中国诗人则更重友谊与闲适的生活情调。他似乎偏好白居易。这也就难怪这本译诗中，乐天之作占了很大的比例。有多少首呢？但阳光之下读书，最好也闲适，甚至慵懒无妨。不要细数了罢。约莫是有三分之一的样子。

在序言的前面，威利说到译诗之难。西方的读者们或者会好奇，中国诗讲究叶韵吗？有的。但他翻译时，衡量形式与内容，避免顾此失彼而放弃了韵的问题。于末端，他则又提及此书的面世，恐将引起一些争议，但他自信尚不至于误导读者。毕竟要了解千余年前的作品，并不容易。他说，有些中国朋友告诉他，这些英译诗，较诸他家之译笔更为贴近原作。

我看见威利的微笑在那里出现，朦胧但坚定。是的，如果不坚定，如何能出版一本书？

在七十年前，或者八十年前，一位生于英国，长于英国，从未到过东方而热爱东方文化的学者，将他一生的大部分时间贡献给东方文学的译介。他必然是经由文学而与许多东方的古人神交，不忍将自己心仪向往的美好独享，故而仔细琢磨，一字一句将那些中文或日文翻译为他自己的语言。而今，我坐在阳光之下，阅读一本英译的中国古典诗集，遂经由一位英国文士的译文，再去溯源一些熟悉的以及不甚熟悉的古诗，感觉有些复杂而奇妙。

其实，第一次接触威利的译著是二十余年前，当时正译着紫式部的《源氏物语》。威利的译本 *The Tale of Genji*，给了我另一个观察原著的视角。他的翻译未必十分忠实，有些部分作了删节，有些文字修改了原著的缠绕，但译文十分典雅优美，相信西方的读者会被那本书导引入神妙的东方文学世界。我后来又有了一本美国学者塞登史帝克（Edward G. Seidensticker）的英译本 The Tale of Genji。那本译著颇为忠实，对我自己的译事十分有助益，然而，字里行间似欠缺了一些什么。也许是品位罢，或者是风格。可见得忠实正确，大概不是翻译的全部。

忽闻得鸟鸣啁啾。侧首从栏杆望过去，近处大树的繁枝已有万点新绿，一群不知名的蓝色小鸟正穿梭新绿万点之间。山谷向远方倾斜迤逦，高低深浅不同的树姿和树色也一径流宕至远方，在春日阳光下，仿佛到处跃动着；而那更远处的海港，水映着光，反而像透明的镜面，纹风不动。

如果，如果从海港驶出大海，一径航行，与哥伦布取相反的方向，大约筋疲力竭后，可以抵达威利的故乡罢？不过，读其人之书，也未必非要追寻其人的踪迹不可。有人诵读杜甫、白居易，或苏东坡，便发愿追踪其一生遗迹。但会看到什么呢？多系一些后世人庸俗的附会罢了。威利聪明，或者可以说浪漫。他宁愿保存文字里美好的东方印象，足不离英国土地一步，他的日本，遂永远是紫式部笔下的日本，他的中国，也应该就是像这本译诗集中的中国罢。

诗译自屈原的《九歌·国殇》。何以没有从《诗经·国风》那些抒情作品译起呢？或者何以不译《离骚》？至少，他应该想到《九歌》中的《湘夫人》或《山鬼》才对。然而，是《国殇》居于首篇。其间自有他的道理罢。几年前，一次国际性的翻译讨论会中，一位年轻的外国学者于听取我方专家们的建议后，颇不以为然地坚决抗议道："我翻译，是因为自己阅读受感动，想把这感动与人分享；我并不想去翻译别人认为应该或重要的书！"这话说得有道理。对于文学作品的品位与价值的衡量,岂有一定的准则?

《国殇》译为 Battle。译诗铿锵有力,除一个译音词而外,几乎看不出是翻译的作品。是一首上好的英诗。

汉武的《李夫人》,则缠绵悱恻。

《古诗十九首》之中的若干译作,也保留了叠词的趣味。

目光追逐着横书的英语诗歌,暂忘记原诗的阅读,令人熟悉又陌生的感动,是十分奇妙的。

当然,若要挑剔,也并非真的无懈可击。譬如原作中所省去的主词,在这里就显得有些刺目了。中国和日本的古诗文,共同的特色是罕设主词,读者自能由上下文去辨识之,然而英文却往往不可避免地需要设置主词。这些我或你,我们或你们,以及他、他们,等等,相当碍眼刺目。

刺目的,其实也因为阳光。日影不知不觉间已移动,显然我自己的背影已缩短,挡不住白花花的光线了。大概是眯着眼睛看了好一阵子阳光耀目的书面罢,感觉有些晕眩。遂将书合起,合起之前,习惯地想在纸页里夹个书签或什么的。不必了罢。遂将读了一半的秦嘉的妻子徐淑的《答秦嘉诗》那一页合起来。她丈夫秦嘉的赠诗则在背面的另一页上。多可惜,若在毗连的两页,夫妻岂不因诗而会合了。生时分离,遂有情诗往来,身后两人爱情的见证竟也未得逢会!忽觉得遗憾。不过,即令情诗毗连,变成了英文横书体,秦嘉和徐淑大概也不认得了罢。

将膝上的厚书挪移开后,顿觉轻松。

我站起来,凭倚栏杆,定眼望去。近午的阳光下,远处的海洋平静而光亮。不免又想到更遥远处那一位可敬的英国学者。秦嘉和徐淑的情书曾经打动了他的心吗?他的译笔,如今却打动更广大的读者群了。虽然秦嘉和徐淑早已逝去,威利也已经作古,但是,诗留下来了,中文的和英文的诗全都留下来了。书,不言语吗?书,正以各种各样的语言与我们交谈着。

1995 年 3 月

怕羞的学者

——James Robert Hightower 印象记

敲门的时候，有些许踌躇。我看了一下手表，比约定的时间稍迟几分钟——上午九时六分。其实不是不守时，我想海涛教授骑脚踏车行长程，应该让他歇一会儿才对。据说退休以后，他住在离大学稍远处，每周二来研究室都是骑一辆旧脚踏车。

门内的主人倒是丝毫不迟疑，应声开启门扉，让我和介绍我的朋友进入研究室。朋友为我们作了简单的介绍后便先行离去，留下我和海涛教授谈话。

站在我面前的是一位瘦高的老人，如果在别处遇见，我准会以为他是一位进城的老农夫。他穿一件蓝白方格子的绒布衬衫，平凡而不十分平整，但每一粒扣子都扣紧妥，灰暗的过时长裤松松地接连在格子衫下面；至于鞋子是什么样式的，已记不得了。说实在的，我也没有充裕的时间看得很清楚，因为自从开启门扉到介绍握手，海涛教授一直用那一双蓝色的眼睛直视我，那眼神倒非逼人，却有一种不由人分说的质朴，却也同样令人不知所措。

短暂的沉默后，海涛教授拉开一张书桌旁边的椅子，示意我坐下，他自己也踱回桌前的位置上。他方才大概已经在看书或者记什么资料的样子，桌面上摊放开一大堆厚薄不等的书籍，另有一些纸张及原子笔。朋友说过，海涛教授数年前退休以后，每星期只来一两回哈佛燕京图书馆内的这间研究室。看得出这是退休教授的研究室，房间比较小，没有多余的桌椅供学生听课讨论，屋内的书籍也比较少。我猜想：他大概是把常用的书籍搬回家去了吧。不知道为什么，我被自己的这种猜测弄得有一些伤感起来。旋又想到，幸而他只要一打开研究室的门，整个图书馆的藏书都可供他享用，遂觉得欣慰不少。

这种想法在我脑中盘桓，大概只有短短几秒钟的时间，或者甚至在我坐定以前便已成为过去式的思想，但我坐定后，竟发觉海涛教授仍然定定地直视我。那眼神，于质朴之外，仿佛又有一种严肃的氛围。我记起朋友告诉我：海涛教授不擅长言辞，尤其与陌生人见面更拙于攀谈，所以她劝我最好事先准备一些话题，方不至于使会面僵硬尴尬。

虽然是有备而来，只是，我自己原本也是不擅长言辞的人，与陌生人见面，也常是拙于攀谈。面对着那一双严肃地直视的蓝眼睛，我几乎有些后悔，后悔不该扮演一个访问者的角色。

访问者理当属于比较积极的一方，我试着从自我介绍开始。海涛教授微微笑着说："我知道，方才胡小姐已经讲过了。"可不是嘛，我竟重复两分钟以前他所听到的话。于是，我又说明此次到康桥来的缘由，以及上周去耶鲁大学参加东岸诗学会的情形。海涛教授仍然微笑说："我前几天听说过了。"这真叫人尴尬，好像是不高明的网球搭档，每次一方拍出去的球都只能让对方勉强接着，却不适于拍回，球戏便也无法继续进行。

我变得焦急不安起来。好在是有备而来，少顷，我改变口吻，提及我们所共同认识的长辈，海涛教授的表情间马上有一种温馨的颜色。"我已经很久没有见到他了，他好吗？"他十分关怀地问。遂将长辈的近况约略向他叙说。海涛教授认真用心地听我说话，仿佛每一句每一字都不肯漏过的样子。他那蓝格子衬衫的上半身浮现在堆满书籍的桌面上，姿势没有改变，但异国朋友的消息，使他的眼神变得十分柔和起来。

海涛教授二十年前曾到过台湾，专研陶潜的诗，当时韩国的车柱环先生也正在台北，且也正有志于陶诗韩译之工作，他们二人遂共同研究，并且同时得到我的老师王叔岷教授的指导。这事在他1968年出版的陶潜诗英译本 The Poetry of T'ao Chien 序言中，有文字详细说明。这本英译陶诗十分忠实详尽，是我教书研究时常备的参考书籍之一。

话题转到这本书上，海涛教授的神态若有所改变，他主动地用回忆的语调谈起当年译事之甘苦经验，他的眼睛甚至有时会因为笑而眯成细细弯弯的两条曲线，但多时仍是用心地直视听话的人。我发现那蓝色之中，其实还带着淡淡的灰色，恰如从他的背后窗口望得到的康桥深秋天色。他的眼眶微微泛着浅红色，有一种属于年纪大者的模糊轮廓。眼形其实不大，看透人心中且令人不敢受而移视的，实在是那质朴不修饰的眼神吧。听他讲话的时候，我注意到，他的唇上有一撮修剪整齐的胡须，花白而淡然，有如含蓄的枯草一般。声音不高也不低，说话的速度不疾也不徐，正适合说给像我这样的外国人分辨。

由于我们都有翻译外国文学作品的经验，个中滋味容易感受共鸣。"其实，最困难的倒不一定是艰涩难懂的字句，平白明显处的情趣韵味，最是不易把握移译。"我说这话时想的是所谓行云流水一般自然的陶诗。"对啦，对啦！"海涛教授极表赞同，他有些激动地将手指插入头发中。经过五指梳顺的头发变得有些蓬松，花白的几根发丝，在自窗口射入的晨光中特别发亮。

围绕着陶诗与翻译的问题，我们颇有兴致且饶富同感地谈论了一阵子；这倒在我事先的准备之外。

眼前这位西方的老学者侃侃而谈他对中世纪中国文学与文人的意见，讲到热烈处时，亦有几个手势助益情绪。海涛教授完全没有先前的严肃和拘谨了；我自己也感染到一种放松自如的愉悦，甚至于有一种幽默感想要开玩笑。"陶潜，其实并不是一个灵巧的农夫。"对于我这个一时兴起而溢出的话语，海涛教授露出疑惑不解的表情："这话怎么讲？""他不是在诗里面说自己'种豆南山下，草盛豆苗稀'吗？"我记得海涛教授的译诗是：I planted beans below the southern hill/The grasses flourished, but bean sprouts were few. 很不错的译笔。岂料，海涛教授听了我的话，表情顿时改变。"你可曾有过亲自耕种的经验？"他又回到先前的认真严谨。我坦白回答未曾有过躬耕之事。"农耕是非常艰苦的工作。我现在住的地方，后园有一大片土地，种了些蔬菜和花卉，"他缓慢地一字一字说得很清楚，"所以我知道，农耕实在是一种极辛苦的工作。"说话时，他偶尔低头看看搁在桌上的双手。这时我才注意到，原来他的每一片指甲上都镶着一层泥土，筋脉浮显的手背上也颇有风霜痕迹。我第一眼对海涛教授的老农印象，或者竟是包括这一切在内也未可知。其实，我无意揶揄陶渊明，只是谈话的气氛逐渐转变而一时脱口说出如此轻松的话语，乃连忙解释："请不要介意，刚才是说笑的。"遂将准备送他的论文近作抽印本《叩门拙言辞——试析陶渊明的形象》取出。文中曾引述海涛教授的文字，正是在强调陶潜朴质真诚的性格；我们两人对于可敬的诗人的看法，其实是一致的。

  海涛教授略略翻阅我的论文，虽然脸上保持温和的表情，一度因小小误会而造成的会话中断，却显然将方才的热烈气氛驱走。他有些不知所措地看着自己那镶着泥土的指甲。我也有些焦急，不知如何弥补这一片空白；一焦急便忽然咳嗽起来，旅中劳顿，原本有些感冒的。咳嗽竟然一时无法止住，喉间似乎还有些痰。这真令人发窘。见我咳嗽，海涛教授复以直直的眼神望我。"对不起。"我连忙打开皮包找出手巾捂住嘴，努力抑制咳嗽，却觑见海涛教授只是像在读一篇文章那样平静地看我咳嗽。

我自顾自地忙乱一阵，总算把咳嗽止住了。多么希望海涛教授会说一些别的话，让会谈继续下去，而他还是直视着；我又不便咳嗽完便告辞，遂稍稍坐正，提起我学生时代第一次读过的他的著作《中国文学讲论》（Topics in Chinese Literature）。那是我读研究所二年级时，上董同和先生的"西洋汉学名著选读"课的参考书。董先生要我们写期末报告，我交了一篇《简评》，文中建议海涛教授增补修改的地方颇不少。董先生后来把我的报告推荐给《清华学报》刊登出来。我当时怎么会想到二十余年后能如此面对面与此书作者会见呢？人生的机缘，有时真是不可思议。

海涛教授也似乎有无限缅怀的样子。"那是很多年以前的事了。"他的声音更轻，仿佛是说给自己听。"说实在的，除了这两本书外，我很少看到你其他的论著。"他起初做了一个讶异的表情，继而对我这不修饰的坦白也坦然接受了。他先是转了一个身，迅速地扫视背后那一排书柜，抽出两三份抽印本，摆在桌上，再绕过我的座位，踱到书桌的对面，仔细查看，又取出若干抽印本，然后坐回位置上，一言不发地在每一本抽印本上题署签字。我默默坐在一旁，看他专心地在每一本上写字。他的手背上有不少老人斑点，指甲上的泥土，看来和他整个的人格极相称。我想，日后读这些论著时，我将不会忘记眼前这位诚挚而怕羞的老学者，我或者也将想象我所没有见过的那一片后园子和一些蔬菜花卉吧。

我原想和海涛教授会晤二十分钟的，但辞出研究室时，发觉竟已滞留了一个多小时。穿过图书馆书架的走道时，我不敢回头看，怕一回头看到那朴实坚定的眼神，双方都会很不自在。

1986 年 7 月

一本书

　　这是一本精装书。在泛黄的蓝绿色布质封面上，有一个金线烫出的坐姿裸女像。她把左腿翘起搭在右腿上，右手按着左膝盖，头部下垂，颈的弧度优美，但整个人体并不十分好看，而且有些造作的夸张和残缺——左脚臃肿而大得出奇，右胫以下消失不见。很像毕加索的速写，却是东方的比例。书脑已不知去向，还有些虫蚀的斑驳痕迹，只隐约可见暗红色的书名《日本诗集》。下面稍小的字，应该是"抒情诗社"吧，模糊不清。

　　这样一本破旧的书，怎么会放在此刻灯前的书桌上呢？

　　都是阴天的元旦的缘故。

　　一年伊始。元旦应该是一早起床就有耀眼的阳光从百叶窗透进来才对，那样会使人觉得这是一个美好的开始；再不然，索性像昨晚那样，整夜因冷锋滞留而下倾盆大雨也好，那就可以心安理得地待在家里，花两个小时看报纸，或一心做些家事。偏偏今早只滴了几滴雨便收敛，变成一个沉沉的阴天。阴阴的元旦上午，多叫人尴尬，做什么事情都不对劲，才会去了光华商场，逛地下室的旧书街。

　　老实说，我有点怕逛台北的古书店。会不会偶然看见自己送给人家的书——当初题了名签了日期很当一回事地送人的一本书，赫然杂陈于眼前的一堆古书堆里呢？甚至若看见熟人的签了名送别人的书，也够令人沮丧叹气的。不过，此类事容或有之，也未必那么凑巧就让人碰上吧？

从靠近铁路的那一头石阶走下去，只随便在头一家浏览一下，便走到靠里的第二家。背后有个男人的声音在对那个老板娘说："开张了？书这么多。恭喜恭喜！"恭喜？该不会因为今天是元旦的缘故吧。我们到现在还不作兴在元旦互道恭喜，恭喜声和鞭炮声是要留到旧历年才一起响亮起来的；那么，一定是因为这角落一个古书店开张，才说那声"恭喜恭喜"喽。果然，书很零乱，显然还没有来得及整理安排好，是匆忙开张的样子，不过，就算整理安排好了，古书店的新开张也不可能太显眼，不会像百货公司服饰店那样引人注目，看起来跟开业很久的古书店有什么差别吗？

书不少，又那么零乱，几乎很难让视线停留在哪一本书上。许是因为这个蓝绿色的封面比较特殊，我一下子就看到了它。人总是先注意比较特殊的，不是吗？书皮破损，所以起初根本没有想到会是一本什么样的书。从那一堆的最上层捡起来，翻开封面，才看到"日本诗集"四个字；再翻过几页，才晓得原来是一本日本的现代诗集。站着读了几首。没有太大的印象，只知道是某一群诗人的作品选集，每人只有三五首。那时候并无意买这本书；随便翻翻看看，只因为它已经在自己手里头罢了。

后来有些好奇，想知道是多古老的一本书，便翻看最后一页。是昭和八年六月十日印行的，应该是四十五年前的书，几乎有半个世纪了呢。出版的地方是大阪的"巧人社"。四十五年前印刷这本诗集的"巧人社"，不知道现在怎样了？它不像"岩波文库""筑摩书房"那样有名，也可能是我自己孤陋寡闻，所以没听说过；总之，这出版社恐怕已经不存在了吧。

这本书如何辗转到了这个新开张的古书店里，现在又在我手上呢？封底有一排褪色的横写钢笔字迹："2605.5. 25. 建成堂こテ"，又有很花哨的英文字写着"G. B. ……"。"2605"，大概是日本纪元，应合1945年。建成堂是店名吧，不知是在日本呢，还是在台湾？三十二年前买这本书的人也不知是日本人还是中国人？"G. B."后面那几个字应是姓氏，可惜看不清楚。底下另有歪歪斜斜不美观的毛笔字迹"郑锦明"。猜想很可能是这本书的第二个主人，他应该是一个懂日文，喜欢诗的中国人。然后呢？然后，现在它在我手里。这中间也许经过几次转让，或许经由论斤买卖的收购破烂旧书报的人，才来到这个光华商场。我不要去想那么多问题。可是，它落在我手中，竟是一个事实。

我该怎么办呢？它只不过是四十五年前在大阪出版的一本日本现代诗集而已，名不见经传，我不必对它关心，把它放回原处走开算了；我真的不必对它关心。可是我竟拿着它犹豫，更糟糕的是，竟又不自觉地在问老板娘这本书多少钱！大概是新开张，来不及标价吧，她前后翻来翻去也看不到一个价钱数字，就随便对我说："四十块钱。"这价钱并不算贵，不能构成我拒绝它的理由。等到老板娘用旧杂志撕下的一页包妥再交到我手中时，这本蓝绿色书皮的《日本诗集》便正式属于我了。

回家后，习惯地把该属于书房的东西放在书房里。这本书便躺在我零乱的书桌上，在一沓写了一半的稿纸上。

我本来并不急于读它。尤其是在这元旦的晚上读一本四十五年前的日本现代诗集，真有些滑稽无聊。可是，失眠的元旦的晚上应该做什么呢？早已过了"无乐自欣豫"的时代，虽然未见得到老气横秋地说"值欢无复娱"的年纪，可是，究竟已经对于在每年的这一天给自己立下什么大愿望或大计划，觉得有些羞赧不自在了。"日月依辰至，举俗爱其名"，其实，今天和昨天没有什么不同，与明天也不会有两样，一个人要下决心做点事情，只要当机立断做去就是，又何须特别赶在今天这一天呢？然则，元旦深夜读这本书又何妨？而况它就在灯下，就在眼前。

　　这本书厚达四百七十八页。从目录上看，共收有百数十位男女诗人的作品，没有序，也没有跋，看不出编辑的动机是什么。但从作品的内容形式来看，可以感受到一种新鲜的生命力，甚至还有些西洋化的气息，也许是一群志同道合的年轻诗人或新诗人的作品选集吧。看他们题的书名叫做"日本诗集"，口气多大多自负啊。有的诗只有一行字，有的则长逾百行，内容却多抒情浪漫甚至颓废，算是为艺术而艺术的一种诗派吧。我渐渐有些感动起来。几乎半个世纪以前，一群异国的诗人那么严肃认真地写作，把他们的作品集在一起。不知当初他们之间有没有意见冲突过？有没有互相争吵过呢？有没有别人批评他们，讥讽他们呢？这些事情都无由得知，此刻我也无意去探究。这一本偶然落入我手中的书，只告诉我一件事情：文学是永远感人的，诗歌是不会死去的。为了对一群不相识的异国诗人表示敬意，我挑了一首诗来译成中文。

陈旧了的 Sentimental　　泉浩郎

我心远处的地平之极

小小的生活的过去啊……

它与现在的心仍牢牢连接着

尽可以将这么麻烦的过去舍弃掉

却赶不走地藏着

陈旧了的 Sentimental

我现在忽然取出西装

走在寂寞的野径……
外套的口袋里
有一封未及寄出的信
如今已不想投函于将忘的人的心脏
只好珍藏在怀中
陈旧了的 Sentimental 哟

在我绞痛的心象里
将忘的人的
悲伤的心情溢涨着
滴落不已的回忆

未及寄出的信的心哟
无人访的青春的暗室哟
伫立路旁的徒然的感情哟
独行于旷野
我的心热烈跳动

1978 年元旦

你的心情
——致《枕草子》作者

　　你的心情，我想是可以体会的。经由这两三年来书桌前日日夜夜的笔谈，我把你千载以前讲过的那许多话，一一移译为我今天说的语言；你的心情，遂最先进入了我心房，最先感动了我。

　　为你的书——《枕草子》写跋文的人记叙：定子皇后崩逝后，你郁悒度日，未再仕官，而当年亲近的人次第谢世，没有子嗣的你，晚年孤单无依，便托身为尼，远赴阿波地方隐遁了。那人又称：曾见你头戴斗笠，外出收集菜干，忽然喃喃道："叫人回忆往昔直衣官服的生活啊！"

　　想象你度过十年绚烂繁华的宫廷生活，近侍过天皇和皇后，最后竟寂寂终老于远离京城的岛上，你那样的心情，我是可以体会得到的。不过，倔强好胜的你，大概不会承认你的寂寞吧；尽管多纹的眼角浸出晶莹的泪珠，你或许佯装不在意，用泥垢的手背拭去泪水说："啊，都是阳光刺眼的。瞧，今天的日头多艳丽！"我大概也就不忍心再为你的悲凉感受悲凉，顺着手指的方向，与你共赏晴空中热辣辣浮现的炎阳了。

　　对于宇宙大自然，对于四季运替，你惊人敏锐的观察力，于古今骚人墨客辈中，亦属罕见的。在书的起首，你骤然且断然地书写：

春，曙为最。逐渐转白的山顶，开始稍露光明，泛紫的细云轻飘其上。

你捕捉春季最美的一刻，以最简约的文字交代，不屑多加说明，亦不容多所商量，却自有魔力说服读者。关于夏夜、秋夕、冬晨，也用相同的口吻点明各季节最佳妙的瞬间情趣。于是，群萤交飞、雁影小小、霜色皑皑，无不栩栩如生地从你千载前的眼帘折射到今日读者眼前了。文字的神奇魅力，岂不就是这样的吗？

虽然你在书末再三申辩：你只是将所见所思所感的点点滴滴趁百无聊赖书下而已，并没有指望别人会看到；但我知道你的心情其实有些矛盾，你又何尝不暗中盼望着：有人会仔细读你的文字而深受感动引发共鸣！写文章的人大率如此，思维与感情一旦落实为文字，便顿觉如释重负，舒坦轻松，仿佛不必再为那些文字担忧了；可又仿佛还时时担忧着那些文字是否就此尘封？可有什么知音之人垂青赏爱呢？

你可以把我当作一个知音，因为我曾经仔仔细细读你所写的每一个字，并且能够体会那些文字，以及文字以外的一些事情。

你赏爱宇宙人生，但显然不是那种毫无主见的人，你强烈的主张，于书中每一页都可以读到。你爱恶分明，丝毫不妥协，所以你说："冬天以特寒为佳。夏天，以无与伦比热者为佳。"无论男人或女人，你最敬佩聪明才智者，最不能忍受平庸愚骏。宫中朝夕相处的同侪何止数十、百人？然而你笔下扫过的那些女子，何其庸俗愚昧。我看，大概只有宰相之君还值得你记叙一笔罢。

至于定子皇后，显然是你最仰慕崇拜的对象。你们二人之间，有异于寻常的心电感应，所以只要她说上面一句话，你就意会下面一句话的内容，她咏"花心开"三字，你立即感知那是托白居易的

《长相思》诗以喻对你的思念。你们之间呼吸相应般的奇妙心契，竟令后世有些学者诬蔑你和定子皇后有同性恋倾向！如此轻率的论断，你即使闻知，也不屑于置辩的吧。

你的心情，我明白。你爱慕定子皇后的博学多识饶情采，而她也慧眼赏识你的博学多识饶情采。你们相对的时候，好比双珠联璧，光芒四射，你们相吸引的道理在于此。

不要责怪那些轻率的学者。其实，人间世相并没有改变多少，我这个时代和你那个时代一样，到处充斥自以为是的人啊。

心直口快是你的缺点，你自己也承认的。譬如说，那次你批评紫式部的丈夫衣着不顾场合，这原本只是小事情，但是在你们那个讲究礼仪细节的时代，等于是说人家不识大体，难怪紫式部要耿耿于怀，并且在日记里反唇相讥道："清少纳言这人端着好大的架子。"又批评你好卖弄汉学知识，附庸风雅，难免流于浮疏云云。其实，她在《源氏物语》中还不是大量引用了中国的诗文？依我看来，你们两位都是了不起的女性作家，同时代的男性作家们还真是不及望你们的项背呢！虽然你们表面上互相攻讦对方，心底却是十分敏锐地赏识着对方的。"文人相轻"，大概并不只是男性社会的专利品。

提及男性社会，令我想到你好为妇女打抱不平的个性，这一点倒是作为小说家的紫式部未尝明言过的。你说："女人真是吃亏。在宫里头做皇上的乳母，任内侍啦，或者叙为三位啦什么的，已经算是很不错的了，可是，多半年纪已大，还能够有多少好事可盼呢？"的确，那个时代的女性是没有什么可盼的，除非盼到一个如意郎君，死心塌地守住一个"夫人"的地位，尚且还要提心吊胆，怕人老色衰之后，徒有"夫人"之名，而失去郎君的心；即使你最仰慕的定子皇后，在天皇另外册封彰子皇后之际，不也照样患得患失痛苦异常吗？也许你好奇，想知道千载后的情况如何了？告诉你，你的后代姊妹们一直努力想争取自己的地位，情况较诸你的时代稍有改变，却也好不到哪里去。这其中的原因，恐怕是大家口号喊得多，真正下功夫充实自己的又太少。天底下哪有不劳而获的呢？

我时常在想，如果天下妇女都像你和紫式部那么优秀，男人也就不敢怠慢我们了。也许是出于一种不甘示弱的心理吧，你每常喜欢对男士们炫耀自己的学识才华。那个时代，汉学是男子修业的专利，连紫式部都是躲在屏风后面偷听她的父亲课授兄长们的，而你渊博的学识不知是如何修积得来的呢？看你与宫中饱学之士应对，忽而经史，忽又子集，从从容容，游刃有余；时又不免于俏皮地出其不意剑梢一挑，众男往往只得俯首称臣了。

不过，你当然无意与男士们敌对。看你记叙则光、栋世、实方、行成诸人，每每于平淡行文间，流露着人间男女的悲欢哀乐。你没有刻意铺叙什么，只是将千载之前在你周遭发生过的许多离合的事实收录在字句里罢了，但你真挚的心声，朴实的语言，自有感人的力量。

我读你记与橘则光的那一段感情，觉得十分遗憾。你们原本是感情融洽的情侣，他对你的爱护，尤其于男女爱情之外，又多一层兄长似的呵护，宫廷上下也都将你理所当然地视为则光的"阿妹"；奈何你一再作弄，明知道他不擅长和歌，却偏偏屡投歌以揶揄，终致他默默离去。你其实是十分懊恼悔恨的，可又逞强不肯认错。后来，风闻他叙为五位之官爵，又远赴外地任郡守。你说："我们二人之间，竟这般彼此心怀芥蒂以终。"人与人之间的缘分，是多么难得，爱情这东西又是那么脆弱易碎。你们两个人明明是相知颇深、相爱甚浓，竟因计较自尊，遂令各自西东，遗憾终生！但这样的爱情故事千百年以降，在地球的各个角落，竟也不停地重复又重复。莫怪你，人有时是学不会聪明的啊。

你的可爱和可敬，同时保留在这许多坦诚的字句里。每一页之中，有你的欢笑、叹息、泪光、懊恼、诡谲、骄纵……你的声音时则高亢嘹亮，时则低哑凄迷，忽而绵密细致，忽而潇洒高迈；便是透过这些文字，你始终鲜活地生存到今日。

我写这封信给你，是为了要表达我对你的崇敬和爱慕。请原谅我没有在信首称呼你，那是因为我知道"清少纳言"并不是你的真实姓名，虽然千百年以来，人人这样称呼你。其实，你姓甚名谁并不要紧，你的样貌如何也不重要，《枕草子》这本书就是最最真实的你自己了。

1988 年 12 月

终　点
——为《源氏物语》完译而写

写完最后一句，在最后一个字的底下加一个句号，又在次行下面记下"（全书译完）"，我掷笔，倒靠椅背，用左手的指头轻轻按了几下干涩而疲惫的眼皮，然后，习惯地抬头望一眼挂在书房门上的电钟——十二时三十六分。

就这样子，几乎是颓然地埋坐椅中良久。

脑子里空空洞洞。冷气机的声音是唯一可闻的，它甚至掩盖了钟声。先前我还在运思构想写字的时候，似乎把这单调的机器声给遗忘掉了，现在它嗡嗡地响个不停。我觉得有点冷，便起身关掉冷气的开关。夜忽然就完全静下来了。

我重又坐回椅中，望着眼前桌上一片零乱的景象。正中央摊着一沓孔雀牌的厚质稿纸。那最后一个句号和"（全书译完）"是写在第十一张稿纸上的。右侧是写好的前面十张，依例对折整齐，按顺序叠置，用一双古兽形的铜镇压住。台灯斜照着竖立于小型书架的吉泽义则《校对源氏物语新释》卷六的最后一页。左邻并排而立的是谷崎润一郎的《新新译源氏物语》第十册。稿纸的左边，摊开着另外几本书，重叠堆放在一起：最下面是 Arthur Waley 的删节英译本 *The Tale of Genji*，其上是 Edward G. Seidensticker 的 *The Tale of Genji* 下册，再上面是圆地文子的《源氏物语》第十册；都打开在最后的一页。由于书的两翼厚薄不均，所以用另一个青铜的鱼形文镇压着。至于与谢野晶子的岩波文库袖珍本《全译源氏物语》下册，则孤零零地躺在更远的左方。

我想，应该收拾这些东西了。现在，我总算可以收拾眼前这一片零乱了。五年多以来，这些书、笔和稿纸，一直维持这样的零乱；除了每年一次大清洁书房时，暂时把它们挪移开之外，始终维持着眼前这个"有条理"的零乱。这其间，我也写过别的文章，但是这套《源氏物语》的组合却未曾破坏过。其他文章的写作稿纸总是压在这一沓译作用的稿纸之上完成；有些寄给远方的信笺，也是压在这一沓稿纸之上书写的；当然，这些稿纸上面也曾叠放过学生的作业和考卷，甚至还有年节或宴客时草拟的菜单。

有一段时间，我曾迫切盼望着这一刻的到来——大概是翻译工作进行到一半的时候吧。那时觉得走过的路已迢迢，而前途仍茫茫，最是心焦不耐，曾经假想过千百种这一刻到来时的感受。然而最近几天来，我好像在给自己寻找种种借口，故意把工作的进度拖延下来。过去，工作最顺遂时，有过一天翻译七张稿纸的纪录，当然，那样的一天是会令人精疲力竭的；然而，这一个星期里，我有时一天只写一张稿纸，甚至于只翻译一首和歌，便去做别的事情。好像是突然害怕面对这一刻，也许应该说有一种依依不舍的心理吧。

但是，这一刻终于还是来临了。

我先把第十一张稿纸对折，与前面的十张合并好，并用回形针夹妥，收入左侧第三个抽屉里那个存稿用的大型牛皮纸袋中。如今，这牛皮纸袋内已存放了全书最后四帖约八九万字的译稿，所以显得十分鼓胀。我用手掌按了一下，才能把抽屉关回去。

然后，从小书架取下吉泽义则本。这一套从台大总图书馆借来的《源氏物语》古文注释本，是昭和十五年（1940）平凡社出版的。书皮的蓝色丝面已有虫蠹斑驳，纸张也泛黄，但字迹仍清晰，注释颇翔实，是我翻译时最倚重的底本。名作家谷崎润一郎费时三十年修订的现代日语译本，和现代女作家円地文子于五年前出版的最新译本，是我自己从日本买回来的。当初购买时，只是为了欣赏之用，没想到后来竟成为我读原著遭遇困难时的良师益友。至于与谢野晶子的袖珍版本，则系最早的日本现代语译本，自有其保存价值，可惜字小行密，我把它搁在最远处，只偶尔在字句的推敲犹豫时做参考而已。Arthur Waley 与 Edward G. Seidensticker 的两种英译本，都是朋友赠送给我的。前者虽是删节本，但称为世界第一部《源氏物语》外文译著，当然很值得重视，况且行文优美，在英文读者间，应该仍具有其存在地位；至于后者，则为当代美国日本文学权威的多年心血结晶，态度谨慎，译笔忠实，我有许多无法直接从日语译本或词典解决的问题，往往却是靠了这本英译的书才得到答案。我把这几本书慢慢地一一合起来，忍不住多次摩挲，才放回书柜里。

书桌上陡地腾出一片空地来，一片令人不安和不习惯的空地。

我关掉灯光，让一屋子的黑暗去掩盖那桌面上的空地。悄悄走出书房，觉得十分疲倦，却睡意全无，便又走出来，站在院子里。

六月的台北夜晚，空气中仍残留一股驱不走的暑意。草香和叶香微微可辨。离月圆大概尚有几天吧，众星倒是熠熠闪烁满天。从这条深巷的一方院中，有时也听得到远处疾驶而过的车声。左邻右舍的窗口都没有灯光，夜大概已深沉。

我伸一伸腰，又做了一次深呼吸，自觉从来没有这样满足过，却也从来没有这样寂寞过。

1978 年 6 月 25 日

一叶文集

去年深秋，趁赏枫享温泉的短暂旅程，我又一度独自徘徊在东京文京区。文京区虽然是我每至东京必往之处，近年来因为断续翻译一叶小说，以其为同一地缘标的，所以更添一层文学的想象。此次赴日之前，便已听朋友说起，樋口一叶的文集又增岩波书店的新译注版本。我流连书肆，遂自然有了具体的目标。

日本较有规模的书店，多有分层分类便利读者的安排。我到了那一家著名的书店，在电梯口看清日本文学类的标示后，便乘电梯直奔四楼，以避免因杂志、大众漫画之类刊物而耽误旅行的有限时间。

宽敞的四楼，昼间亦设日光灯，明亮而整洁。但是书籍实在太多。除四壁由地板到天花板层层密排外，中间又分好几段竖列与平放的各种精装本与平装本。我匆匆浏览一遍，没有立即找到所要的书。为了节省时间，便去问柜台后一位较空闲的年轻人。他礼貌地询问作者姓名及出版处后说："请稍等。"随即在电脑上熟练地操作键盘。我看不见显示的情况，但看得到他敬业而认真的表情。少顷，年轻人带着抱歉的表情告诉我："真对不起。我们这里并没有这本书。"他再三躬身。

我相当失望。如果这家大书店买不到，恐怕其余的书店也不容易买到了。是否新书尚未上市？难道得回旅馆打电话去岩波书店出版部查询吗？我的旅程只余一天半的自由时间，很不想把可贵的时间花在查问接洽来往上。我失望，几乎颓然地穿过拥挤却独欠所要书籍之间，走到电梯口。电梯还在八楼，我竟有些不耐。于是，反踵再度巡索刚才浏览过的书架与书摊边。才三数步，猛一回首，竟在堆积稍高处看到《樋口一叶集》的赭色精装书，而且出版处赫然写着岩波书店。查看最后一页，出版时间为2001年10月15日。然则，新书才到未及归档吗？以日本人的谨慎性格，当不致有此疏漏；或者那年轻店员电脑操作有误吗？然而，方才我又分明看到他认真且敬业的表情。不必细究推测，能买到所需的书，令我顿时心情愉快起来，遂步伐轻松地走回柜台前。轮及为我服务的正巧竟是同一个年轻人。他对于我的再度出现，毫无疑豫。把书款与税金合算的账单客气地递给我，并开始把书装入纸袋中。对于书名、作者及出版处，没有注视。我本来想说些什么，看到身后排着不少等着付书款的顾客，也只好客气地取书，退出人群。待电梯降至一楼时，我已经决心不再去追究手上那本书从无到有的原因了。它已经在我手中，是一个重要的事实。

屋外秋阳正灿烂。我在书店后庭的木椅坐下，打开新购的书，随兴翻阅。乍入目的是正翻译中的《除夕》篇中，关于地名的一条注："菊坂。现文京区，一叶曾赁居此区。"一百年前，此区是东京中下流阶层庶民活动地带。十七岁丧父的樋口一叶与寡母及妹妹住在此区，母亲与妹妹为人缝纫，才华出众的一叶则努力写小说，靠微薄的稿费勉强度日。她二十四岁因肺病而逝世，却留下二十二篇中短篇小说、七十余册日记及四千余首和歌咏草，成为近世明治文坛重要的作家之一。她的文集已由多家出版社先后出版，学界成立樋口一叶研究会，美国的学界也有取其人与文为博士论著者，可谓寿短文长。

移目仰望，但见四周高耸的现代高楼。文京区繁荣的底层，曾经是一叶笔下那些贩夫走卒妓女高利贷者栖息过的地方吗？而此刻我坐着的位置，百年前曾印过樋口一叶匆匆捧着稿纸走经的足迹也说不定。

2002 年 1 月 7 日

辑二

欢愁岁月

父　亲

病床上方的小灯照射在父亲的脸上。父亲沉沉地睡着。他的右鼻孔内插着一条细细的塑胶管，糊状的食物，便是通过这条管子送达胃里，每四小时定量供给。护士勉强在他的左手大拇指上找到一条小血管，将滴入盐水与消炎剂的针头用一小木板固定，以免因摇动而针头掉落。床的另一端下方有一只玻璃壶，盛着导尿管引出的小便。

在病房这一盏微弱的灯光下，父亲已经卧睡了整整四年。起初只因腹泻急诊就医，讵料，多年的糖尿病引起并发症，导致腿部血管阻塞，病况愈形严重，左足逐渐坏死。医生们会诊的结果，骨科大夫宣布：除非锯除左腿，否则父亲的性命难保。不过，对于九十余岁的高龄病患施行如此重大的手术，危险性也非常大，所以医生要我们做子女的慎重考虑。

四年前的暮春黄昏，我们兄弟姊妹聚在一起，作极困难而痛苦的商议。大哥逐一询问大家的意见。记得父亲在七十岁的寿筵席上曾对亲友们夸言：人生自七十开始，他不但要活一百岁，更想要活到一百二十岁！言犹在耳，父亲一向是勤勉而生命力旺盛的人，虽云当时已因病重不能用言语表达意志，我们揣测父亲的个性，为他做了冒险求生存的抉择。大哥沉痛地说："既然如此，明天早上就把这个决定告知医院吧。"言罢放声号哭。昏暗的屋内，一时间充满呜咽悲泣声。

锯除了左腿的父亲，出乎意料地迅速康复，伤口也愈合得很好。然而一个月以后，右腿又呈现与前时左腿相同的症状，这次，医生不容我们犹疑，断然采取必要的救生手术。入院不及两个月，我的父亲失去双腿换回一条生命。以如此高龄行如此重大手术而能成功，连医院方面都认为是罕见的奇迹，但在那一段时间里，我无论昼或夜，常常有一种幻觉浮现脑际，闪过眼前。仿佛一把巨型利刃重而疾地切落在腿上，一次复一次，时则以快动作，时则以慢动作，分不清楚究竟利刃是切落在父亲的腿上，还是我自己的腿上？但惊悸恐怖的感觉分明一再地袭击我，总是令我吓出一身冷汗来。

四年以来，我几乎不分昼夜风雨无阻地探望父亲，唯恐有一天会真的失去整个的父亲。

而今，我的父亲只剩下膝盖以上的躯体，不能行动，不能饮食，不能言语，看不见的病魔还正一寸寸地噬食他衰老的肉身吧。四年以来，也经历过无数次的危急状况，都因为父亲惊人的生命力，加上高明的医术、细心的照料而一次又一次地渡过险关；只是，父亲每过一次险关便更衰弱下去。我知道，他是在慢慢地离去，极缓慢、疲惫、困难地。

有时不期然而遇见来巡视的主治大夫。以前，他仔细为我讲解父亲的病况与治疗方式；其后，我们漫谈着一些死生问题及形上哲学；最近，他往往只是悲悯地陪我望着病床上只余半身的父亲，口中喃喃着："怎么办？怎么办？"

怎么办呢？而父亲总是沉沉地睡，没有春夏秋冬、没有悲欢哀乐。我轻轻抚摩那一头白发，不免自问：当时我们为他所作的抉择是对的吗？现在父亲若能睁开眼睛说话，他会对我们说什么呢？

1992 年 5 月

给母亲梳头发

这一把用了多年的旧梳子，滑润无比，上面还深染着属于母亲的独特发香。我用它小心翼翼地给坐在前面的母亲梳头；小心谨慎，尽量让头发少掉落。

天气十分晴朗，阳光从七层楼的病房玻璃窗直射到床边的小几上。母亲的头顶上也耀着这初夏的阳光。她背对我坐着，每一丝花白的发根都清楚可见。

唉，曾经多么乌黑丰饶的长发，如今却变得如此稀薄，只余小小一撮在我的左手掌心里。

记得小时候最喜欢早晨睁眼时看到母亲梳理头发。那一头从未遭遇过剪刀的头发，几乎长可及地，所以她总是站在梳妆台前梳理，没法子坐着。一把梳子从头顶往下缓缓地梳，还得用她的左手分段把捉着才能梳顺。母亲性子急，家里又有许多事情等着她亲自料理，所以常常会听见她边梳边咕哝："讨厌死啦！这么长又这么多。"有时她甚至会使劲梳扯，好像故意要拉掉一些发丝似的。全部梳顺之后，就在后脑勺用一条黑丝线来回地扎，扎得牢牢的，再将一根比毛线针稍细的钢针穿过；然后便把垂在背后的一把乌亮的长发在那钢针上左右盘缠，梳出一个均衡而标致的髻子；接着，套上一枚黑色的细网，再用四支长夹子从上下左右固定形状；最后，拔去那钢针，插上一支金色的耳挖子，或者戴上有翠饰的簪子。这时，母亲才舒了一口气，轻轻捶几下举酸了的双臂；然后，着手收拾摊开在梳妆台上的各种梳栉用具。有时，她从镜子里瞥见我在床上静静地偷看她，就会催促："看什么呀，醒了还不快起床。"也不知道是什么缘故，对于母亲梳头的动作，我真是百觑不厌，心里好羡慕那一头长发，觉得她那熟练的一举一动也很动人。

我曾经问过母亲，为什么一辈子都不剪一次头发呢？她只是回答说："喏，就因为小时候你阿公不许剪，现在你们爸爸又不准。"自己的头发竟由不得自己做主，这难道是"三从四德"的遗迹吗？我有些可怜她；但是另一方面却又庆幸她没有把这样美丽的头发剪掉，否则我就看不到她早晨梳发的模样儿了。跟母亲那一头丰饶的黑发相比，我的短发又薄又黄，大概是得自父亲的遗传吧，这真令人嫉妒，也有些叫人自卑。

母亲是一位典型的老式贤妻良母。虽然她自己曾受过良好的教育，可是自从我有记忆以来，她似乎是把全副精神都放在家事上。她侍候父亲的生活起居，无微不至，使得在事业方面颇有成就的父亲回到家里就变成一个完全无助的男人；她对于子女们也十分费心照顾，虽然家里一直雇有女佣打杂做粗活儿，但她向来都是亲自上市场选购食物，全家人所用的毛巾手绢等，也都得由她亲手漂洗。我们的皮鞋是她每天擦亮的，她甚至还要在周末给我们洗晒球鞋。所以星期天上午，那些大大小小，黑色的白色的球鞋经常齐放在阳台的栏杆上。我那时极厌恶母亲这样子做，深恐偶然有同学或熟人走过门前看见，然而，我却忽略了自己脚上那双干净的鞋子是怎么来的。

母亲当然也很关心子女的读书情形。她不一定查阅或指导每一个人的功课，只是尽量替我们减轻做功课的负荷。说来惭愧，直到上高中以前，我自己从未削过一支铅笔。我们房间里有一个专放文具用品的五斗柜，下面各层抽屉中存放着各色各样的笔记本和稿纸类，最上面的两个抽屉里，左边放着削尖的许多粗细铅笔，右边则是写过磨损了的铅笔。我们兄弟姊妹放学后，每个人只要把铅笔盒中写钝了的铅笔放进右边小抽屉，再从左边抽屉取出削好的，便可各自去写功课了。从前并没有电动的削铅笔机，好像连手摇的都很少看到，每一支铅笔都是母亲用那把锐利的"士林刀"削妥的。现在回想起来，母亲未免太过宠爱我们，然而当时却视此为理所当然而不知感激。有一回，我放学较迟，削尖的铅笔已被别人拿光，竟为此与母亲斗过气。家中琐琐碎碎的事情那么多，我真想象不出母亲是什么时间做这些额外的工作的呢。

岁月流逝，子女们都先后长大成人，而母亲却在我们忙于成长的喜悦之中不知不觉地衰老。她姣好的面庞有皱纹出现，她的一头美发也花白而逐渐变稀疏了。这些年来，我一心一意照料自己的小家庭，也忙着养育自己的儿女，更能体会往日母亲的爱心。我不再能天天与母亲相处，也看不到她在晨曦中梳理头发的样子，只是惊觉于那显著变小的发髻。她仍然梳着相同样式的髻子，但是，从前堆满后颈上的乌发，如今所余且不及四分之一的分量了。

近年来，母亲的身体已大不如往昔，由于心脏机能衰退，不得不为她施行外科手术，将一个火柴盒大小的干电池装入她左胸口的表皮下。这是她有生以来首次接受过的开刀手术。她自己十分害怕，而我们大家更是忧虑不已。幸而，一切顺利，经过一夜安眠之后，母亲终于渡过了难关。

数日后，医生已准许母亲下床活动，以促进伤口愈合并恢复体力。可是，母亲忽然变得十分软弱，不再像是从前翼护着我们的那位大无畏的妇人了。她需要关怀，需要依赖，尤其颇不习惯装入体内的那个干电池，甚至不敢碰触也不敢正视它。好洁成癖的她，竟因而拒绝特别护士为她沐浴。最后，只得由我出面说服，每隔一日，亲自为她拭洗身体。起初，我们两个人都有些忸怩不自在。母亲一直嘀咕着："怎么好意思让女儿洗澡呐！"我用不顶熟练的手，小心地为她拭擦身子；没想到，她竟然逐渐放松，终于柔顺地任由我照料。我的手指遂不自觉地带着一种母性的慈祥和温柔，爱怜地为母亲洗澡。我相信当我幼小的时候，母亲一定也是这样慈祥温柔地替我沐浴过的。于是，我突然分辨不出亲情的方向，仿佛眼前这位衰老的母亲是我娇爱的婴儿。我的心里弥漫了高贵的母性之爱……

洗完澡后，换穿一身干净的衣服，母亲觉得舒畅无比，更要求我为她梳理因久卧病床而致蓬乱的头发。我们拉了一把椅子到窗边。从这里可以眺望马路对面的楼房，楼房之后有一排半被白云遮掩的青山，青山之上是蔚蓝的天空。从阴凉的冷气房间观览初夏的外景是相当宜人的，尤其对刚沐浴过的身体，恐怕更有无限爽快的感觉吧。

起初，我们相互闲聊着一些无关紧要的话题。不多久以后，却变成了我一个人的轻声絮聒。母亲是背对着我坐的，所以看不见她的脸。许是已经睡着了吧？我想她大概是舒服地睡着了，像婴儿沐浴后那样……

嘘，轻一点。我轻轻柔柔地替她梳理头发，依照幼时记忆中的那一套过程。不要惊动她，不要惊动她，好让她就这样坐着，舒舒服服地打一个盹儿吧。

1979 年 8 月

给儿子的信
——拟《傅雷家书》

1987年10月15日夜

亲爱的孩子：方才我在书房里持续写作一个多小时，感觉身心俱有些疲倦，便踱出来坐在客厅的沙发椅上休息，随手捡出你临别时录制留赠与我的音带，听完了正面的男声四重唱。你唱的是次低音，在均衡整齐的和声中，你那略带鼻音的唱法依稀可辨。还记得去年暑假的一个下午，你们四个大男孩就在这个客厅里录制此音带，当时我并不知道那是你准备送给我的礼物呢。你从小就是比较沉得住气的孩子啊。我尤其喜欢录音带的反面，你利用合唱剩下的空白部分，为我弹奏了几首古典吉他的曲子。你曾经说过，你最崇拜的塞各维亚晚年的演奏已炉火纯青，往往不拘小节，而我听得出你的指法似乎也想逾越寻常音律，当然，你还太年轻，有限的自我训练更谈不上艺术造诣，不过，对于音乐的喜好和领悟力，确实是在我们的不知不觉之中自己培养出来了。

那是从什么时候开始的？我已经记不得了。你对于音乐的醉心，表现在精选古典乐曲的唱片上。你把大部分的零用钱、奖学金和做家教领到的薪水花费在购买唱片上，以至于数量越来越多，我们不得不为你一再扩充放置唱片的空间。整个大学时代，甚至于在服兵役的假期里，你在家的空闲时间，往往就是守着一套音响，手中拿的书或是理工科的原文版，或者是英文刊物，抑或是关于音乐的杂志，就那样子专注地陶醉于你心向往之的精神世界，而全然无视于走过你眼前的家人。

有一回深夜，你像往常那样坐在客厅里欣赏音乐，我则在自己的书房内阅读写作。我忘记了其他的人是外出还是在楼上。总之，是一个非常安静的夜晚。于书写之际暂得片刻空隙，忽闻海飞兹的小提琴独奏曲《流浪者之歌》。一曲终了，我走出书房，要求你重播一次给我听。"原来，你也在听啊！"你的眼神竟有喜悦与兴奋的光芒流露。于是我们默默地并坐，再度欣赏那感伤而浪漫的曲调。那旋律和氛围，倒是至今记忆犹新的。

今年暑假，我们准备去探望你，问你可需要带些什么，你回信说什么都不要，却列出一些唱片的名单，要我们从你留下来的大批收藏中寻找出来迢递运去。原来，在异国留学的生活中，你省吃俭用，居然又买了一组旧的音响设备，以及另一些唱片。

在罗城与你共度的半个月中，我观察你的日常作息，除了要自己打理现实生活的一切琐务外，其余都与在台北家居时并无甚分别。你仍然勤勤恳恳地依照过去的习惯读书、做实验、慢跑、打篮球，同时还用大部分的休闲时间听古典音乐。新大陆东北部的夏天，太阳迟迟不下。有一个傍晚，我为你们三个人准备好晚餐，等待的时间，凝睇着映现在白墙上的窗外烦琐的树影，忽然有一种奇异的感觉产生，仿佛虚实莫辨，无法相信时间与空间变迁的事实。

十年前，你在台北自己的房间里拥着一只吉他，曾经愣愣地问我：如果你也顺应着时尚的叛逆心态而拒绝升学的话，我会如何看待你？我们温和而理智地辩论，结果你接受了我的看法，并且选择理工的世界作为你未来发展的方向。在我们回顾往事的时候，时间似乎流逝得很快,但我们实在并没有虚掷时光。十年来,你一旦对未来有了抉择和憧憬,便像是对准了罗盘的舵手一般,稳健而恒毅地驶往既定的方向。你顺利地通过每一个阶段、每一个关口,以迄于今日。你从小到现在,几乎未曾遭遇过什么重大的挫折,一切都相当顺利,所以同侪或许会认为你很幸运。是的,人们往往把一个人的顺利归结于表面看到的幸运,却忽略了顺利的背后那一份努力和坚持。你的努力,我最清楚。赴美之前,你悄悄地在我的梳妆台上留下一张卡片,那上面有感谢我和你父亲养育的话,也有一句自我期许的话:"我知道这次将是生命中最后一次做学生的阶段,我会好好珍惜。"你果然用事实证明了。每天不到凌晨不回宿舍,总是留在实验室或研究室用功。你告诉我:"越到上面,遇见的对手越强,所以丝毫不能得意,更不能放松。"但我想,恐怕除此客观环境之外,一个人多读书后,心中更会明白知识的广大浩瀚,自然也就会变得更虚心谦逊的罢。

说到读书,我则又想起另外一些事情来了。你从小喜爱文学艺术,这也就是当初你在文科与理科的抉择之间徘徊犹豫的原因;既已选定理科为终生发展职志之所在,对于阅读文艺方面书籍的时间,自然不免相对地减少。这次在你住宿处的书橱上,我看到你从台北带去的《诗经》和泰戈尔《飞鸟集》等书搁置在较高部位,显示出你较少去翻阅这些书。我明白那是你全神投入自己的专业,未遑顾及其余的缘故,但我还是希望你慢慢养成习惯善加支配时间,分一些精神阅读文艺的书籍,尤其是哲学的书籍。现代的社会已经不可能有全才、通才的存在,知识愈分愈精细,大家必须分工合作,每个人扮演某个专才的角色。不过,我始终相信,无论文学家、音乐家、或科学家,若能够在自己专精的知识基础上,再多涉猎其他范围的书籍,将会有更多的领会而豁然开朗。即使阅读之书驳杂无济于所志向的专业又何妨！何况人生之路多么宽阔，怎么分辨得了有用与无用之区别呢？即令所读内容无济于专业本行，总是会有助于丰富生命之内蕴。我时常被人问到如何拟定读书计划一类的问题，其实，我真心认为读书的乐趣乃在于无所为而为，骤然探得其中一点理趣的快乐，不太可能在功利式的阅读计划中获得。我又始终坚信，无论文学家、艺术家或科学家，终极的目的无非在追求真善美的至高境界，而生活中的丰富理趣，正可以从旁协助我们接近这个境界。生命的轨道绝不是单一的，应该有多种方向、多种层面才对。

　　除了读书以外，做人更要紧。我认为无论从事于哪一行业，或者成就如何，最后的目的是在做一个完好的人，如果读书广泛专精而人格卑下，还不如做一个无知素朴的人。在你去年临别的时候，你父亲曾经给你几句话，要你永铭于心，其中有一句是：无论失意或得意，在力争上游的过程中，千万不可踩在别人的头上求取胜利。我在这封信里为他重复一次，因为这也是我所深深同意的做人原则。今日的社会风气似乎越来越多倾向于功利主义，为达成目的而不择手段的人比比皆是，但我们不希望我们的孩子趋利忘义。无论什么时代，高尚的人格还是应该受到崇仰的。除此之外，我又希望你一方面能适应新环境，另一方面不要忘本，不要与你生长的故土脱节，所以去年八月间，我为你订购为期一年的《天下杂志》，作为你二十五岁的生日礼物。今年暑假，一年期满，知悉你已自动用奖学金续订了这份杂志，令我十分欣慰，因为我看得出你用心阅读，发现其中联结你和国内动态发展的密切关系。有些青年人去国多年之后，专业的知识渐渐增加，却逐渐与自己的国家疏远陌生。我不希望我的孩子变成那样子无根的人。

　　一口气写到这里，才发现我竟然忘了问你近况如何，忘了一般母亲对于孩子应有的嘘寒问暖，说实在的，由于工作忙碌，近来甚至很久都没有提笔给你写信了。不过，我相信你是不会责怪我的。去年我生日的时候，你选了一张清雅的空白卡片寄给我，里面有句："我比别人骄傲，因为我所受的教养使我比别人更能适应环境；我比别人骄傲，因为我和母亲的关系远比别人亲密。即使在地球的另一端，我仍感觉那条脐带紧紧相连着。您也必会觉得脐带的那头已经延伸得很好。"孩子，你知道吗？其实我也正感到安慰和骄傲，因为千山万水遥隔，我们依旧是那么亲密，而且互相了解，彼此信赖。

夜已深沉，我将停笔熄灯去休息，而在地球的另一端，该是旭日东升，你自睡梦中悠悠醒来的时候，愿你有美好充实的一天。

1987 年 10 月

欢愁岁月

儿子又在他的房中专心对着打字机敲打长长短短的英文字。隔着走廊，我在自己房里一边整理家务，一边猜测那都是些什么字？是感谢对方接受他的入学申请吗？或者只是一种表明志愿的私函也说不定。除非得到他的允许，做母亲的我也不能随便偷窥他的信件。这种规矩原是好多年前，孩子们还不懂事的时候，我教给他们的：要尊重别人的隐私权，即使亲如家人也不例外；并且以身作则，致有今日。但是，我现在竟有一种近乎按捺不住的好奇，想要知道他究竟在写一封什么样的英文信。

我当然知道事情的大概。

二十四岁的儿子，大学已毕业，又于去秋服完兵役。原本不想追随潮流渡洋留学，但读工科的他，在仔细观察环境、自我反省以后，还是选择了继续出国深造之途。这是他自己的决定，我和他的父亲都没有干预影响他；虽则结果相同，过程却有别。

于是，自从去年秋天退伍以来，这事情便积极地进行着。他有一些同学好友商量，供给许多讯息。我又常见他对着一张新大陆的地图，似乎在研究一些地理气候等的问题。有时他也在闲谈之间询问我曾经旅行过、访问过的异乡习俗。眉宇间认真的表情，仿佛正燃烧着青春的理念与希望。近几个月以来，邮箱内突然增多了他的航空信件。我明白事情必然是积极地朝预定的方向进行着。

到今年秋天时，儿子大概就会独自离家到异国去读书了。那时，也许他已经满二十五岁，也许尚未。想到这事，我心中不免有浅浅的感伤，也同时混合着一些安慰与祝福的温馨。

一向培养孩子们自主独立的习惯，就是为了有朝一日当他们需要振翼高翔时，希望他们能够拥有一双强劲有力的翅膀，足以抵御风雨不定的天候。天下父母无不宠爱儿女，但有时亲情爱护亦不能永远庇佑他们。这是在儿子十岁那年他盲肠炎手术时，令我深切感受到的。

眼看注射过全身麻醉剂的小小身躯，软弱乏力地随着推床左右晃动被推向手术室，当时我是多么希望自己能代他承受这个痛苦啊！至少，在他最痛苦的时候陪在身旁，拉着他的小手，给他安慰和鼓励。然而，我们只能送他到长廊门口，隔着玻璃门看自己的儿子被一些白衣制服的陌生人继续推向走廊那一头，我突然明白，父母再爱孩子，孩子毕竟是一个独立的个体，他的身体和命运，必须要他自己去奋力锻炼，克服争取。

从那次的经验以后，我尽量让自己站在一个协助者的立场，减少直接的干预。我宁愿让他们接受一些挫折，从挫折的经验里渐渐成熟。

我常常自我反省，觉得自己还是一个不错的母亲；不过，老实说，有时也难免于挫折感的侵袭。为了教书和写作，我花太多的时间在自己的书房里。孩子们从我这儿所得到的嘘寒问暖式的母爱，必然较他们的朋友少得多。为此，我有时暗自觉得歉疚。

大约是在儿子读高中时期，有一回问过他："你会因我不像别人的妈妈那样全天候地照顾你而感觉不满吗？"他笑笑，回答："我怎能够比较呢？我一生下来就只有你这个母亲啊！"他的话虽然轻松，却充满体谅。当时几乎有想哭的感动，我至今还记得。

孩子原是无法选择父母的。由于孩子无法选择更好的母亲，所以我只有设法做一个更好的母亲。然而，做母亲有时也真不容易，尤其在孩子十几岁、似懂非懂、充满反抗的时期。

我记得女儿在读初三的那一年，特别让我费神伤心。和她的哥哥个性不同，她从小好交游，即使在升学考试的压力下，也有无数的电话要接，无数的信件要回。那使她减少温习功课，甚至睡眠休息的时间。我看着逐渐消瘦而功课又退步的女儿，不免心疼又发急，遂劝她暂时克制过分的交游，专心向学。可是年轻的女孩子哪里听得进这些"教条"？同样的话重复几遍后，不满与反抗的情绪已然出现在那稚嫩的脸上。而电话铃依然日夜不停地响，不仅占去她用功和休息的时间，也干扰了全家人的宁静。最后，我不得不提出警告："假如你自己不能跟朋友表示，下次接电话时，我便要告诉他们节省打电话的时间和精力，多用功一些。等考完试，大家再好好地玩吧。"

而每天她放学后，电话铃依然一个接一个地响，时则午夜以后还有刺耳的声音。我犹豫了一下，毕竟警告别人的孩子比自己的孩子更困难。但"言出必行"，也是我教育孩子的原则，遂终于委婉劝勉一个少年："如果你们互相关心的话，应该彼此勉励多用功。再过一个月，有的是谈话时间，对不对？"语气是温和的，但态度是坚决的；我没有把听筒交给女儿。

女儿从房里冲出来，涨红脸指责我不尊重她，侮辱她的朋友！次晨，我在书房的桌面上看到女儿留给我的一封类似绝交的书信。那里面说了一大套朋友相交的道理，最后也表示读书要出于自愿，"强迫"的方式，有时只会引起反效果！

读完信后，我没有气愤，只是觉得十分委屈伤心。我把信折叠好，收回信封放入抽屉内。一时间感到茫然，不知如何处理这件事。

女儿其实一向乖巧善解人意。在她很小的时候，冬夜改学生的卷子，我常常让她坐在我的怀里，用睡袍裹住她柔软的小身体，母女心连心的幸福感与满足感，仿佛是昨日之事，但她竟如此一夜之间变成了另一个我所不认识的小妇人！眼泪不自觉地沿颊落下。

我明白所有升学在即的孩子已形成一种特殊族类，他们都有莫大的心理压力，那压力来自校方频繁的大小考试，甚至也包括来自家庭内过分关切的亲情。我也明白，借写信、打电话来互相诉苦和安慰，其实是他们暂忘烦恼、逃避苦闷的一种方法。尽管了解其心态，做母亲的我也自有正确辅导的立场，不能因为收到女儿的"绝交书"而"认错"讨饶。

我决心让事情自然发展和淡化。

女儿放学回家时的脸色是极不愉快的，她用沉默与冷淡表达心中的愤懑。时常，我望着她早早关闭的房门难过不已。不过我注意到，电话铃不似往常响得多，信件也减少了。她的房门虽紧闭，深夜尚有一线灯光从门缝下溢出。我猜想倔强的她可能是加倍努力，要向我证明她能放也能收吧。只是她依然不愿与我多交谈，偶尔有必要，也只是以最少的字句表达。

家里只有四个人，少了一个谈话的对象是多么寂寞啊！女儿又因为对我的不满，而似乎对全家的人也有对立的意识。我对此也感到极大的不安，不过，除了尽量不要再去刺激她，耐心等候她消除敌意，也别无他途。

这样不快乐的日子整整持续了十余日。女儿先是对父亲和哥哥有了笑容。我有时在另一个房间听他们说笑，既欣慰又嫉妒，是一种复杂矛盾的心情。然后，我试着用平常心与她多交谈，她仿佛倒也不再刻意冷漠，但双方难免都有些不自然的矜持与尴尬。那真是我今生不寻常的经验！不过，我真的为女儿渐渐又回到我的怀抱，喜极而暗自流泪。

亲子之情实在奇妙。有摩擦的时候，令你坐立难安，片刻不忘,一旦恢复正常,则又像呼吸空气一般自然,以至于忘了一切。

这件事情过去很久之后,有一个晚上,我和女儿上街购物。她硬要抢过我手中大大小小的购物袋,减轻我的负荷,无端令我有提前衰老的感觉。我请她到一个精致的小店喝茶。由于宿读,只能周末返家的女儿,有说不完的关于同学、老师、教官的话题。听她滔滔不绝地讲话,又见她眉飞色舞的神采,我几乎忘记自己是她的母亲,倒像是她贴心知己的朋友似的。

住宿学校,令她获得团体生活的正面与负面经验。她皱起眉头告诉我某些女孩子的不良习性,怀疑那是缺乏家教所致。"妈妈,我真感谢你,从小教我要如何坐、如何立,免得我现在被别人嘲笑。"我起身去付账,她又连忙捡起邻椅上的各袋,并立在一处,她的身高已远超过我。我微微仰看她青春姣好的面孔,暗自庆幸女儿真是长大了。

在回家的路上,她轻声告诉我:"妈妈,我实在佩服你。有时候我想:如果我有一个女儿像我自己,真不知该怎么办!"我爱怜地抚摩她细柔如丝的长发:"那时候,你自有你自己的一套办法疼爱她、教育她;不过,我祝福你有一个更乖顺的女儿!"说完,我们两个人同时笑了起来。

抚育儿女的岁月里,充满欢愁的许多经验,仿佛漫长,却实在是稍纵即逝的。我珍惜已经拥有的一切欢愁记忆。如果在母亲节的这一天里,我能许下一个愿望的话,我愿自己和儿女更努力地来维护我们这一份美好的关系。

1986 年 5 月

因百师侧记

我在书桌左侧的底层抽屉内，收藏着三本老旧的笔记本，虽然封面破损、纸张泛黄，而且字迹也相当模糊了，可我一直小心保存着。这三本旧笔记本，都是我大学时期上先生的课记录下来的，其中有两本是词曲选的笔记，另一本是陶谢诗课的笔记。

陶谢诗的笔记比较简单。大概是有一部分的文字记留在课本上，书的空白处容纳不下的心得，才写在笔记里的缘故。

至于两本词曲选的笔记，当年真是十分用心记的。凡是郑先生在课堂上讲授过的每一家每一篇作品，我都相当整齐而系统地记录下来。其实，我所以三十余年来如此小心地保存这两本旧笔记，倒不仅是为了留驻自己用心听课的痕迹而已，那上面的每一页里，都有当年郑先生为我仔细批改的红墨水钢笔字迹。

事隔多年，我已不记得是否当时同学们都是这样做笔记的，但我清楚地记得自己做笔记的方法，不是课堂上写，而是每一次上完课回家，再将听课的心得整理出来。有时候，我把郑先生授课所讲的词曲理论，及各家作品的风格特色记下来，有时候也附上我自己的意见；更有一些文字，是把古典作品改写为短篇的小品散文，以大胆取代个人的听课心得，而在每一词家之后，总有一段综合小论。这样的笔记，约莫是隔周请郑先生过目的。通常三数日后，他便发还给我。除了改正我的错别字、记错的地方，或值得商榷处以外，偶有一得之处，郑先生每有双圈表示赞赏，更有一些眉批按语鼓励；至于我径以类似翻译改编的白话小品替代心得处，郑先生也曾批曰："于讲授诸语，颇能扼要记出，不失原意，有时参以己见，作适当之发挥，尤为可喜。望循此途径作去。勉之！"当时我正读大学二年级，在古典文学的研读方面，才开始摸索之际，能够得到师长如许厚爱与鼓励，委实有助建立较大的信心，也拓展更宽的兴趣。

这些本子，随我辗转数易居处，一度也因住宅区域淹水而浸湿过，但细心晒干后，部分字迹虽然更形模糊，幸而大体尚可辨认，偶尔重新翻阅，不仅引发我年少求学时期的许多温馨美好记忆，而当日每当本子发下时按捺不住的兴奋心情，也总还是历历如昨。

郑先生是大学时期教我文学课程最多的老师。从大学到研究所，我曾经正式选修过他教授的词曲、宋诗及陶谢诗。他治学严谨，学识渊博，是众所周知的。一本《从诗到曲》（后收入《景午丛编》），正可以代表他研究的方向。然而，事实上，凡是有关中国文学的问题，我们只要向他请教，无不获得圆满的解疑，而郑先生又博闻强记，我们学生之间，莫不视他为活词典。

郑先生的外貌看似严肃拘谨，但上过他的课的人都知道，他其实是十分宽容而且风趣的。三十多年来，我从未见过他对任何人发脾气，"躬自厚而薄责于人"的典型，大概就是指我所认识的这位师长了。

郑先生患近视，而且很早即有重听倾向，但是在讲解文学的课堂上，我记得他曾不止一次地模仿风声、水声，甚至于细雪飘落的声音。说实在的，当时我年轻，并不真相信郑先生认真想告诉我们的话；及至自己年事渐长，阅历渐多，才体会"反听之为聪"的道理。文学的感应，或许是内省重于外求的罢。

郑先生具有文人特有的敏感禀质，他看来倒是不像一位胆量特别大的人，但我又记得在讲解诗鬼李贺的作品时，因话题及于鬼而告诉过我们："你们不必怕鬼。若真遇着鬼时，只要想一想：我顶多变成跟他一样！"这虽是说笑的话，但对于胆小的我，一直是很好的信条。其实，凡事只要有最坏的打算，也就没有什么得失的计较。这一点，也是我后来才逐渐明白的道理。

我的学士论文《曹氏父子及其诗》与硕士论文《谢灵运及其诗》都请郑先生担任指导教授。对于论文纲领，郑先生要求我事先向他报告和商议，但是文章的内容方向，则尽量让我自由发挥，而没有给予任何限制。年轻人思想不免有些狂妄或武断，但是只要能够自圆其说，他也容许我执一偏之见。到如今，我都十分感激郑先生这种开放包容的胸襟。我后来逐渐走上研究六朝文学之途，饮水思源，实在是他培养出我的兴趣，复又建立起我的信心。

硕士班毕业后，我幸运地获得留校任教的机会，并且又与郑先生同在一个研究室。他的书桌在靠中庭的窗边，我则分配到近门口的一个位置，朝夕请益的机会，反而较大学时代更多。遇着共同有课的日子，利用下课休息时间，郑先生常常会有闲谈种种的逸兴；有时我轻轻走入室内，他正埋首翻阅书籍，并没有注意到有人进来，我也不敢打扰，径自坐下，望着那一身清癯的侧影，不禁有一种温馨的感动。在如此一个动乱的时代里，能够追随一位自己钦佩的长者这么多年，是多么难得的事情啊！

十二年前，郑先生退休了，却仍继续兼任教授研究所的课程，仍常在同一个位置上看书或休息，他自己打趣地说："这叫作藕断丝连。"后来，他辞去了兼任教授，告诉我："近年来腿劲不足，不喜欢上下楼梯。"我看着他一点一点清理抽屉里的东西，又把背后书橱内的书籍慢慢地有些归还学校，有些搬回家里，心中有说不出的寂寞与感伤。

所幸，郑先生的家就在学校附近，早晚有疑难请益时，只要先打个电话约好时间，他便在客厅里等着，等我到达时，往往所需用的一本书或一摞书已经摆好在矮几上。郑先生的记性还是不减往日，哪一段文字在什么书的哪一部分，他都记得十分清楚。等翻找到有问题的一段文字时，他往往要摘下近视眼镜，眯起左眼，将右眼贴近书页，上下移视；至于我自己，反而要快快自皮包里寻找眼镜戴上，才能看清楚那些小字体。三十多年来的师生关系，若说有什么变化，这种眼镜取舍方式的颠倒，或者是唯一可指称处罢。

郑先生也还是依然清癯如昔，除了近两年腿劲稍不如前，虽清癯却硬朗。我想，这大概与他生活规律、饮食节制有很大的关系。他很少参加外边的应酬，若有学生诚恳邀约，倒也偶尔出来，而若有老朋友台静农先生、孔达生先生在座，他会更高兴。说笑话时，他习惯摸一摸自己的鼻头，声音往往并不大，却经常能引起台先生和孔先生的豪爽笑声。孔先生一度戒酒，变成饮酒的旁观者，使筵席间冷清不少。郑先生的小酌，则与台先生的大饮成有趣的对比。不过，酒席尾声的甜点，大家总记得多放一份在郑先生面前。郑先生喜欢甜食，是老学生们都知道的。

前些时候，难得空闲，我曾打电话约好下午去看郑先生。去前，先绕到一家西式糕饼店，挑了几种精致的甜点。郑先生早已坐在前院的棚下等我了。透过花式的铁门，他见我来，未等按电铃，便缓缓走来替我开门。夏季里家居，他总爱穿一袭半旧的白色中国式衫裤，在花木扶疏的背景衬托下，一时令我暂忘这个车马喧嚣的人境，"龙渊中隐"——郑先生的笔名竟十分具体彰明地呈现在眼前。

这一次，我不是为了任何书籍疑难或论著滞碍而来。炎热的暑期,难得有一个清闲的午后,能如此安详地与老师相对而坐,一边看他愉悦地享用点心,一边听他漫谈近况琐事,真是人生极美好的片刻。郑先生告诉我,目前持续做的一项工作是整理他自己的旧诗。这是颇费眼力的工作,但他宁愿自己一个字一个字地抄写下来,偶尔也自注诗中典故或本事。我明白郑先生的心情:文人最珍惜者,莫过于花心血认真写作的诗文。他不愿假手他人做这一份誊书的工作,大概在重抄之际,许多写作时的欢愁经验会重新令他感动罢。我仿佛看见郑先生把近视眼镜摘下,颜面几乎触及稿纸,用略微颤抖的正楷小体书写时的样子。那字迹应与我小心留存的旧笔记里的红字相同的罢,心底遂有一种难以言喻的感动!

我在郑先生的客厅里坐了多久,已不记得了,但记得辞出时已是天色昏黄。我的车子停靠在他家侧面的铁栏边。我在门口鞠躬道别请他留步,然后绕到巷内;郑先生竟也随便观赏院中花鸟,从透花的栅垣内频频向我挥手。

我迎着鲜红而不再炽热的夕阳驶车回家,满载着幸福的感觉。

1986 年 9 月

温州街到温州街

从温州街七十四巷郑先生的家到温州街十八巷的台先生家，中间仅隔一条辛亥路，步调快的话，大约七八分钟便可走到，即使漫步，最多也费不了一刻钟的时间。但那一条车辆飙驰的道路，却使两位上了年纪的老师视为畏途而互不往来颇有年矣！早年的温州街是没有被切割的，台湾大学许多教员的宿舍便散布其间。我们的许多老师都住在那一带。闲时，他们经常会散步，穿过几条人迹稀少的巷弄，互相登门造访，谈天说地。时光流逝，台北市的人口大增，市容剧变，而我们的老师也都年纪在八十岁以上了，辛亥路遂成为咫尺天涯，郑先生和台先生平时以电话互相问安或传递消息；偶尔见面，反而是在更远的各种餐馆，两位各由学生搀扶接送，筵席上比邻而坐，常见到他们神情愉快地谈笑。

三年前仲春的某日午后，我授完课顺道去拜访郑先生。当时《清昼堂诗集》甫出版，郑先生掩不住喜悦之情，叫我在客厅稍候，说要到书房去取一本已题签好的送给我。他缓缓从沙发椅中起身，一边念叨着："近来，我的双腿更衰弱没力气了。"然后，小心地在自己家的走廊上蹭蹭移步。望着那身穿着中式蓝布衫的单薄背影，我不禁又一次深刻地感慨岁月掷人而去的悲哀与无奈！

《清昼堂诗集》共收郑先生八十二岁以前的各体古诗千余首，并亲为之注解，合计488页，颇有一些沉甸甸的重量。我从他微颤的手中接到那本设计极其清雅的诗集，感激又敬佩地分享着老师新出书的喜悦。我明白这本书从整理、誊写，到校对、杀青，费时甚久；老师是十分珍视此诗集的出版，有意以此传世的。

见我也掩不住兴奋地翻阅书页，郑先生用商量的语气问我："我想亲自送一本给台先生。你哪天有空，开车送我去台先生家好吗？"封面有台先生工整的隶书题字，郑先生在自序末段写着："老友台静农先生，久已声明谢绝为人题写书签，见于他所著《龙坡杂文·我与书艺》篇中，这次为我破例，尤为感谢。"但我当然明白，想把新出版的诗集亲自送到台先生手中，岂是仅止于感谢的心理而已。陶潜诗云："奇文共欣赏，疑义相与析。"何况，这是蕴藏了郑先生大半生心血的书，他内心必然迫不及待地想要与老友分享那成果的吧。

我们当时便给台先生打电话，约好就在那个星期日的上午十时，由我驾车接郑先生去台先生的家。之所以挑选星期日上午，一来是放假日子人车较少，开车安全些；再则是郑先生家里有人在，不必担心空屋无人看管。

记得那是一个春阳和煦的星期日上午。出门前，我先打电话给郑先生，请他准备好。我依时到温州街七十四巷，把车子停放于门口，下车与郑先生的女婿崇豪共同扶他上车，再绕到驾驶座位上。郑先生依然是那一袭蓝布衫，手中谨慎地捧着诗集。他虽然戴着深度近视眼镜，可是记性特别好，从车子一发动，便指挥我如何左转右转驶出曲折而狭窄的温州街。其实，那些巷弄对我而言，也是极其熟悉的。在辛亥路的南侧停了一会儿，等交通灯变绿后，本拟直驶到对面的温州街，但是郑先生问："现在过了辛亥路没有？"又告诉我："过了辛亥路，你就右转，到了巷子底再左转，然后顺着下去就可以到台先生家了。"我有些迟疑，这不是我平常走的路线，但老师的语气十分肯定，就像许多年前教我们课时一般，便只好依循他的指示驾驶。结果竟走到一个禁止左转的巷道，遂不得不退回原路，重新依照我所认识的路线行驶。郑先生得悉自己的指挥有误，连声向我道歉。"不是您的记性不好，是近年来台北的交通变化太大。您说的是从前的走法，如今许多巷道都有限制，不准随便左转或右转的。"我用安慰的语气说。"唉，好些年没来看台先生，路竟然都不认得了。"他有些感慨的样子，习惯地用右手掌摩挲着光秃的前额说。"其实，是您的记性太好，记得从前的路啊。"我又追添一句安慰的话，心中一阵酸楚，不知这样的安慰妥当与否？

崇豪在郑先生上车后即给台先生打了电话，所以车转入温州街十八巷时，远远便望见台先生已经站在门口等候着。由于我小心慢驶，又改道耽误时间，性急的台先生大概已等候许久了吧？十八巷内两侧都停放着私家小轿车，我无法在只容得一辆车通行的巷子里下车，故只好将右侧车门打开，请台先生扶郑先生先行下车，再继续开往前面去找停车处。车轮慢慢滑动，从后视镜里瞥见身材魁梧的台先生正小心搀扶着清癯而微偻的郑先生跨过门槛。那是一个有趣的形象对比，也是颇令人感觉温馨的一个镜头。台先生比郑先生年长四岁，不过，从外表看起来，郑先生步履蹒跚，反而显得苍老些。

待我停妥车子，推开虚掩的大门进入书房时，两位老师都已端坐在各自适当的位置上了——台先生稳坐在书桌前的藤椅上，郑先生则浅坐在对面的另一张藤椅上。两人夹着一张宽大的桌面相对晤谈着；那上面除杂陈的书籍、砚台、笔墨和茶杯、烟灰缸外，中央清出的一块空间正摊开着《清昼堂诗集》。台先生前前后后地翻动书页，急急地诵读几行诗句，随即又看看封面看看封底，时则又声音洪亮地赞赏："哈啊，这句子好，这句子好！"郑先生前倾着身子，背部微驼，从厚重的镜片后眯起双眼盯视台先生。他不大言语，鼻孔里时时发出轻微的喀嗯喀嗯声。那是他高兴或专注的时候常有的情形，譬如在读一篇学生的佳作时，或听别人谈谈一些趣事时。而今，他正十分在意老友台先生对于他甫出版的诗集的看法。我忽然完全明白了，古人所谓"奇文共欣赏"，便是眼前这样一幕情景。

我安静地靠墙坐在稍远处，啜饮杯中微凉的茶，想要超然而客观地欣赏那一幕情景，却终于无法不融入两位老师的感应世界里，似乎也分享得他们的喜悦与友谊，也终于禁不住地眼角温热湿润起来。

日后，台先生曾有一诗赞赏《清昼堂诗集》：

千首诗成南渡后，
精深隽雅自堪传。
诗家更见开新例，
不用他人作郑笺。

郑先生的千首诗固然精深隽雅，而台先生此诗中用"郑笺"的典故，更是神来之笔，实在是巧妙极了。

其实，两位老师所谈并不多，有时甚至会话中断，而呈现一种留白似的时空。大概他们平常时有电话联系互道消息，见面反而没有什么特别新鲜的话题了吧？抑或是相知太深，许多想法尽在不言中，此时无声胜有声吧！

约莫半个小时的会面晤谈。郑先生说："那我走了。""也好。"台先生回答得也简短。

回郑先生家的方式一如去台先生家时。先请台先生给崇豪、秉书夫妇打电话，所以开车到达温州街七十四巷时，他们两位已等候在门口。这次没有下车，目送郑先生被他的女儿和女婿护迎入家门后，便踩足油门驶回自己的家。待返抵自己的家后，我忽然冒出一头大汗来，觉得自己胆子真是大，竟然敢承诺接送一位眼力不佳、行动不甚灵活的八十余岁老先生于拥挤紧张的台北市区中；但是，又仿佛完成了一件大事情而心情十分轻松愉快起来。

那一次，可能是郑先生和台先生的最后一次相访晤对。

郑先生的双腿后来愈形衰弱。而原来硬朗的台先生竟忽然罹患恶疾，缠绵病榻九个月之后，于去秋逝世。

公祭之日，郑先生由崇豪与秉书左右扶持着，一清早便神色悲戚地坐在灵堂的前排席位上。他是公祭开始时第一位趋前行礼的人。那原本单薄的身子更形单薄了，多时没有穿用的西装，有如挂在衣架上似的松动着。他的步履几乎没有着地，全由女儿与女婿架起，危危颠颠地挪移至灵坛前，一路恸哭着，涕泪盈襟，使所有在场的人倍觉痛心。我举首望见四面墙上满布的挽联，郑先生的一副最是真切感人：

　　六十年来文酒深交吊影今为后死者
　　八千里外山川故国伤怀同是不归人

那一个仲春上午的景象，历历犹在目前，实在不能相信一切是真实的事情！

台先生走后，郑先生更形落寞寡欢。一次拜访之际，他告诉我："台先生走了，把我的一半也带走了。"语气令人愕然。"这话不是夸张。从前，我有什么事情，总是打电话同台先生商量；有什么记不得的事情，打电话给他，即使他也不记得，但总有些线索去打听。如今,没有人好商量了!没有人可以询问打听了!"郑先生仿佛为自己的诗作注解似的,更为他那前面的话作补充。失去六十年文酒深交的悲哀,丝毫没有掩饰避讳地烙印在他的形容上,回响在他的音声里。我试欲找一些安慰的话语,终于也只有恻然陪侍一隅而已。腿力更为衰退的郑先生,即使居家也必须倚赖轮椅,且不得不雇用专人侍候了。在黄昏暗淡的光线下,他陷坐轮椅中,看来十分寂寞而无助。我想起他《诗人的寂寞》开头的几句话:"千古诗人都是寂寞的,若不是寂寞,他们就写不出诗来。"郑先生是诗人,他老年失友,而自己体力又愈形衰退,又岂单是寂寞而已?近年来,他谈话的内容大部分围绕着自己老化的生理状况,又虽然缓慢却积极地整理着自己的著述文章,可以感知他内心存在着一种不可言喻又无可奈何的焦虑。

　　今年暑假开始的时候,我因有远行,准备了一盒郑先生喜爱的松软甜点,打电话想征询可否登门辞行。岂知接电话的是那一位护佐,她劝阻我说:"你们老师在三天前突然失去了记忆力,躺在床上,不方便会客。"这真是太突然的消息,令我错愕良久。"这种病很危险吗?可不可以维持一段时日?会不会很痛苦?"我一连发出了许多疑问,眼前闪现两周前去探望时虽然衰老但还谈说颇有条理的影像,觉得这是老天爷开的玩笑,竟让记性特好的人忽然丧失记忆。"这种事情很难说,有人可以维持很久,但是也有人很快就不好了。"她以专业的经验告诉我。

　　旅次中,我忐忑难安,反复思考着:希望回台之后还能够见到我的老师,但是又恐怕体质比较弱的郑先生承受不住长时间的病情煎熬;而台先生缠绵病榻的痛苦记忆又难免重叠出现于脑际。

　　七月二十八日清晨,我接获中文系同事庆明打给我的长途电话。郑先生过世了。庆明知道我离台前最焦虑难安的心事,故他一再重复说:"老师是无疾而终。走得很安详,很安详。"

九月初的一个深夜,我回来。次晚,带了一盒甜点去温州街七十四巷。秉书与我见面拥泣。她为我细述老师最后的一段生活以及当天的情形。郑先生果然是走得十分安详。我环顾那间书籍整齐排列、书画垂挂墙壁的客厅。一切都没有改变。也许,郑先生过世时我没有在台北,未及瞻仰遗容,所以亲耳听见,也不能信以为真。有一种感觉,仿佛当我在沙发椅坐定后,老师就会轻咳着、步履维艰地从里面的书房走出来;虽是步履维艰,却不必倚赖轮椅的郑先生。

我辞出如今已经不能看见郑先生的温州街七十四巷,信步穿过辛亥路,然后走到对面的温州街。秋意尚无的台北夜空,有星光明灭,但周遭四处飘着闷热的暑气。我又一次非常非常怀念三年前仲春的那个上午,泪水便禁不住地婆娑而下。我在巷道中忽然驻足。温州街十八巷也不再能见到台先生了。而且,据说那一幢日式木屋已不存在,如今钢筋水泥的一大片高楼正在加速建造中。自台先生过世后,实在不敢再走过那一带地区。我又缓缓走向前,有时闪身让车辆通过。

不知道走了多少时间,终于来到温州街十八巷口。夜色迷蒙中,果然矗立着一大排未完工的大厦。我站在约莫是从前六号的遗址。定神凝睇,觉得那粗糙的水泥墙柱之间,当有一间朴质的木屋书斋;又定神凝睇,觉得那木屋书斋之中,当有两位可敬的师长晤谈。于是,我仿佛听到他们的谈笑亲切,而且仿佛也感受到春阳煦暖了。

1991年9月

一位医生的死

父亲去世倏忽已经六年过去了。每当我缅怀父亲的同时，很自然地也会想起 C 大夫和他曾经与我说过的话语。

父亲原来是一位勤毅而生命力极强的人，但晚年因为糖尿病引起的血管阻塞而致腿部下半段坏死。两个月之内锯除膝盖下方的左右双腿，保留了生命。九十高龄而施行重大的手术，居然得以继续生存五年，不得不归功于现代医术的高明，但父亲强烈的求生意志隐隐然必也是一大原因。只是继续存活的那五年，失去双腿下半截的父亲，无法行走，无法自己坐起，一切仰赖于他人，而在最后一年里，他甚至多时是紧闭眼睛沉睡不醒的。

那五年之中，我虽然无法亲自照料病中的父亲，但几乎每天到医院探望，遇有状况发生时，则又日趋多次。

C 大夫是父亲的主治医师。我时常在病房中不期然遇见晨昏必来巡视父亲病情的 C 大夫。那一间病房并不宽敞，除了病床、桌柜、电视机，和一张昼做沙发椅、夜供护佐休憩用的长椅外，便只有两张高靠背的简单木椅。护佐坐在桌柜边那一只椅上，我通常就坐在靠窗的另一只椅上陪陪父亲。C 大夫进入病房内，我一定起立表示敬意和谢忱。病人及病人的家属对于医生和护士的感激之情，总是由衷而自然地流露出来。C 大夫对父亲的热心关怀，尤其令我敬重。他的家在医院附近，步行五分钟即到，即使周末假日，他也会抽空穿着便服来探望他的病人。

C大夫和我夹着病床对立的次数，实在难以计数。

初时，他对我谈说的内容，总不免围绕着父亲的病况，诸如体温、血压、血糖如何如何，以及如何治疗等问题。我唯唯恭听，常常感觉有一种无奈在心头。那体温、血压和血糖等代表生理状况的指数起起落落，往往是今日和昨日无甚差别，此月与上月亦情况相仿。C大夫重复讲述类似的话题多次以后，大概也觉得有些疲惫的吧。在父亲的病情稳定但无甚进展的时候，他偶尔也会谈说一些其他的问题。

"我年轻的时候，常常很骄傲。觉得作为一个医生救治了许多病人，让他们恢复健康的身体，是很了不起的事情。"

说此话时的C大夫，虽年近古稀，双鬓华白，但面色红润，身材高挺，谈吐温文儒雅。

"可是，近年来，我往往感到自己的能力有限。许多事情似乎不是那么有把握。"

他把视线收回到病床的中央。那个部位的白色被单底下忽然下陷呈平坦，父亲的身体只余原来的三分之二。

有时候，在例行的检查完毕后，C大夫并不说什么。他只是站在病床的另一边默默与我相对，悲悯地陪着我俯视沉睡似若婴孩的父亲，口中喃喃："怎么办？怎么办？"

怎么办呢？高明的医术保留了父亲的生命，但是父亲还是失去了许多许多，包括外形和精神，父亲变成了我所不认识的人了。

有一次，于例行检查后，C大夫竟然神情悲伤地问我：

"人，为什么要生呢？既然终究是会死去。"这样的话语忽然出自一位资深的医生，不禁令我错愕，猝不及防。我一时觉得自己仿佛是面对课堂上一位困惑不解的学生，需要回答一个非常艰难的疑问，遂不自觉地道出：

"其实，不仅是人会生会死，狗、猫也一样的。"

"那狗、猫为什么要生？既然会死。"

"不但狗、猫。花草也一样会生死。"

"花和草为什么要生？"

这样的推衍似乎有些游戏性质，但我记得那个夕阳照射入病房一隅的下午，C大夫和我说话的语气及态度毋宁皆是严肃且认真的；我也没有忘记当时我忽然怀疑陶潜诗："天地长不没，山川无改时。草木得常理，霜露荣悴之。谓人最灵智，独复不如兹。"露使荣之草，并非霜令枯去的草，所以春风吹又生的草，也必然不是野火烧尽的草；所以岁岁年年花虽相似，毕竟今年之花非去岁之花。生命的终极，不可避免的，是死亡。

那个黄昏，在父亲的病榻两侧进行的短暂会话，令我得以窥见更为完整的作为一个人的C大夫。

其实，在医院的走廊上或诊疗室中穿着白色外衣的C大夫，依旧是高而挺，充满信心的样子。而春来秋去，父亲的身体赖医疗设备与药物控制，持续某种程度的稳定，不过，我们都知道难以避免的事情埋伏在前方。

C大夫依然忙碌着，关怀着他的众多病人。他原本微微突出的腹部，竟因稍稍消瘦而显得更为挺拔，整个人看起来也似乎显得年轻且有精神。

然而，不出两三个月，我从照料父亲的护佐处获悉，C大夫忽然告知，他不能再为父亲看病了，原因是他自己有病。

C大夫有病？真令人意外。究竟他是什么病？只是匆匆告知护佐，而不及向我们家属解释就请假了呢。医院各楼里谣言纷纷。C大夫似乎得了什么重症。

在我诚恳而热烈的要求下，那一楼的护士长告诉我："他发现自己是末期胃癌病人。"护士长红着眼眶说。她也是 C 大夫关心提携的晚辈之一。

父亲在住院前后都蒙受 C 大夫的仔细照料，我们家属对于发生在 C 大夫身上的事情，于情于理都应当表示关切，遂由我代表兄弟姊妹去探望。初时，C 大夫婉转拒绝，在电话里尚且故示轻松道："我还好啊。还能随便走动，跟前阵子你见到的没什么不一样。"然而，对我个人而言，C 大夫不仅是父亲的主治医生，通过几次谈话，他似乎已经是我年长的朋友了。也许，C 大夫也认为我不仅是他照拂的病患的亲属，也像是一个朋友吧。他终于答应："但是，不要来我家。到我家隔壁的咖啡馆见面吧。我还没有那么严重！"说完，他甚至还轻笑。

从外表看来，C 大夫确实与两个月以前在医院见到的样子没什么大异。穿着休闲便装的他，依然十分精力充沛。

"我看起来像个病人吗？你说，我像癌症末期病人吗？"

"那天休假，去打了一场球。平时轻而易举的运动，不知怎的，到了最后一个洞，怎么也没有力气挥杆。勉强打完，回家累得不得了。我这人，从不知累的。儿子是肠胃科专家，他劝我应该去检查，照个透视片子。"

"哪知道，随便照照的片子，我一看，愣住了。我自己是医生，清清楚楚的，是胃癌，而且是末期了！"

"可真是奇怪，怎么一点也没有迹象呢？"

我坐在 C 大夫对面，听他近乎自言自语的许多话，不知说什么好。

"我并不怕死。自己是个医生，我医好病人，也送走过不知多少病人。反正，人生就是这样。有生，就有死。"C 大夫反倒像是在安慰我，而我面对着一位自知生命有限的人竟无法像前时谈论死生问题那样子雄辩。

"只是，我近两天看着我内人，想了很多事情。我走了，她怎么办？"他说到这里，声音变得低沉。"昨天，孙子从国外打来电话。我实在忍不住了。"C大夫终于哽咽起来。

咖啡馆里有流动的轻音乐，邻座的年轻人正愉快地谈笑着。我觉得不宜久留，便提议离开。临走时，我送了一支外观精美的原子笔和一本笔记簿给C大夫；心里想着，也许兼为一位医生的智慧和一位病者的感受，他可以记一些事情。C大夫敏锐地察觉到，他大声笑说："哈哈，我可以像你那样子写文章了。"他伸手向我道谢，那手掌有力而温暖。

我第二次去探望C大夫，约莫是一个多月以后。与护士长同行，直趋他医院附近的府邸。C大夫和他的太太在客厅里和我们座谈。客厅里温暖的色调及两位主人穿着的明亮的彩色衣服，反而显出病人的憔悴；C大夫比我前时在咖啡馆内所见消瘦许多，头发稀薄，可能是接受药物治疗的缘故，连镜片后的眼神都暗淡了，缺乏往日的光彩。

两位主人轮流地叙说着病情和近况。他的太太故作镇定的言辞中，隐藏着深深的忧虑。C大夫的声音倒是不减往日的精力，只是他谈话的内容竟全不似一位资深的医生口吻，而令人感到眼前坐着叙述病情的只是一个普通的病人。护士长在谈话间隔中偶尔投注于我的目光，似乎也表示与我有同感。那种感觉很奇怪，仿佛是同情悲悯之外又有些许失望吧。

"你送我的笔和本子，原封不动在那儿。我什么也没有记。一个字都写不出来。"送我们到电梯口时，C大夫对我说；而当时我几乎可以预料到如此。

其后一段日子，缠绵病榻长达五载时而平稳时而危急的父亲陷入昏迷之中。兄弟姊妹都赶回病榻旁。深秋的一个夜晚，我们轮流握父亲的手，看他平静地逝去。九十六岁高龄的父亲，太过衰弱，以至于走得极为安详。

越一月，而收到 C 大夫的讣闻。

护士长告诉我，C 大夫维持了最后的尊严。他在父亲病房的那层楼偏远一间过了最后的一段时间。除家属外，不许任何访客进入，即使医院的同僚。而唯一照料他的人，便是护士长。她说："C 大夫自知没有痊愈的可能，除止痛药剂外，几乎拒绝一切治疗和营养的药物。"

人为什么要生呢？既然终究是会死去。

有时，忽而想起 C 大夫说过的那句话，真是十分无奈。而今，我比较清楚的是，死亡，其实未必浪漫，也并不哲学。

尼可与罗杰

尼可是房东的先生，正确的称呼是尼可来·波勃。他是我的房东希萨·麦裘的丈夫，但是由于居住西雅图三个半月的期间里，我始终没有见到麦裘女士，所以总是把尼可视为我的房东。

残夏八月底的一个下午，我飞抵西雅图，带着两件行李，从机场直赴那一幢小木屋。

尼可应门铃出来迎接，热心地替我搬运沉重的皮箱。他是一个望之若四十岁许的瘦高男士，有浓密的眉发和胡须。温文有教养的举止，以及略带外国口音的英文，令我乍遇时以为是希腊人，而后乃知是保加利亚人。

尼可给我和我的朋友介绍另一位金发的青年："他叫罗杰，是租我们楼下的。"罗杰羞涩地同我握手，只说一句："我只是上来欢迎你。"便自边门下梯，回到他的房间。在稍暗的餐厅角落，匆匆一瞥，我根本来不及看清对方的形貌。

我与我的房东以及他的房客首次见面的情况，便是如此简单而短暂。然而，在从残夏到冬季的异国独处，他们两个人仿佛成为我生活中熟悉的陌生人，或者也可以说是陌生的朋友。

罗杰住在楼下，但他大概是比较内向的青年，而且也十分安静。我们共用地下室的洗衣机和烘干机，那两台机器是放置在他的房门口，但两个人从来没有在那个空间不期而遇，许是彼此有意避免造成那样尴尬的场面之故,亦未可知。

　　木结构的建筑物,防音效果较差,通常楼上的举动、步行声都会直接传达于楼下;反之亦如此。但是,罗杰实在很安静,除了进出之际开关房门之外,几乎没有什么很大的声响。我判断楼下房客是否在家,往往是需要拨开饭厅的百叶窗帘,看看屋侧的通道上那辆棕红色的车子有没有停放着。那一条窄巷,是我们的露天停车位,如果我先回家,那租来的浅蓝色小轿车便停驻在前面,晚归的罗杰,会将他的车停妥在后面。

　　罗杰和我的生活习惯及作息时间不太相同,可能也是我们很少见面的原因。好几次深夜里,我从百叶窗帘的隙缝俯视巷道,只见澹月冷冷地照射着我的车子,那后面空着的泥地上,徒有野草数茎在风里摇曳。想到在这异乡的小木屋内,楼上楼下就只有自己一个人,便有十分孤单落寞的感觉。时则睡梦中忽闻下面的门开启又关闭,偶尔也杂一两声压抑似的咳嗽,遂仿佛候得夜归人,翻一个身,安然踏实地续梦。

　　西雅图的残暑,很快就被秋风吹散。九月以后,天气逐渐转凉,落叶不知不觉间已厚积在阳台外的小院里,不时见到街坊邻居们勤快地扒扫着黄叶。我有了一间暂属于自己的办公室,日日往返于学校,开始准备授课的大小事宜,生活也因逐渐上轨道而忙碌起来。几乎有半个月的时间,我没有工夫去注意楼下的动静;也许,我已习惯于那样的生活方式了。我们虽然居住的空间只隔着一层地板和天花板,自移居之初遽尔一面后,已有多时不曾遇见。

　　罢了,这样也好。反正这一趟来到西雅图,只是短暂的一季居留,无须多认识人;我甚至于对风景也有意保持冷漠,怕走时徒增眷恋之情。

　　倒是尼可来·波勃先生有时会来取信件,或查询居处有无不便之类的问题。他每次回到自己的家，总会礼貌地事先打电话征求我同意，又耐心地揿电铃，等候我开门。有时候是堆积的信件多了，或者有什么紧急事情发生，我打电话去邀请他过来。

那房子不大，进门处有一张书桌，桌旁一架打字机，不知是尼可使用的，还是他的妻子希萨所有？大概是他们夫妇共同所有而交替使用的吧？我总是把他们的信件放置在打字机边上，所以尼可进门便伸手可及那些东西。他站在那里，瘦高的身影挡住屋外的光线，我和他说话，须得吃力地仰着头。

尼可总是礼貌地、谨慎地站在门口取信，迅速辨别属于自己的，以及一些从前租过此屋的房客们的，然后，道别、转身，钻入那辆跟他的身材不甚相称的小型车内。他原是屋子的主人，一切举止却看似普通访客，而我竟暂充屋主的角色。一纸租屋契约而使彼此的角色易位，宁非滑稽有趣？

其实，那张租契也不过是简单的说明而已。说明每月房租若干，何时寄支票，以及水电杂费由谁负担一类的事项。签署者是尼可的妻子希萨·麦裘。她是华大英文系的教授，也是一位颇有名气的诗人。每年只教半年的书，余下的半年，经常在外地写作。这次，她独自开车赴东部，住在一个半岛上。

从家里遗留的相片看来，麦裘教授是一位细致的中年妇人，年纪约莫比丈夫大一些，而且有一双漂亮的子女。她可能带着子女去东部居住，所以尼可独自另租了一间单身的住所。尼可与希萨的婚姻有些不同寻常。一个出生于美国的妇人，怎么会嫁与一个比自己年轻许多的东欧男子呢？我不免有些好奇。但是，念及三个月以后，将离开这个暂时租借的房子，一切都会成为不相干的记忆，遂决心不必多费精神猜测他人的生活了。

尽管我已决心不再猜测尼可和希萨的事情，但是，每次匆遽的来访，交谈之间难免会留下一些印象，而令我对于这一对陌生的异国夫妇逐渐有了些许认识。这好比拼图游戏，原本是撒落一地的碎片，理也无从理起；无意间掌握了一个角落，那完整的图面竟有展望的可能性，而且逐渐引人越发产生彻底整理的期盼了。

十月中旬过后，入夜已颇有寒意。我想使用暖气设备，但整个暖气系统不知何处发生了故障，遍试无效，只得打电话请尼可来查看。毕竟是自己的家，尼可楼上楼下地奔走勘察，费了很多精神，终于找出故障所在：石油枯竭了。"一整个夏天都没有使用过暖气，忘了请人来加添油呢。"他用手背揩拭额际沁出的汗珠，那汗水甚至沿着浓密的眉毛滴入眼中。我注意到那一双浓眉下眼睛深邃有神，眼珠是蓝灰的，带着些许诡谲的色彩，却又蕴藏着温文善良的气氛。

尼可立刻熟练地翻找电话簿，通知石油公司派人前来注油，但是夜已深，至少要候到明晨才会有工人来。

"这样吧，我来替你升一个火炉。很管用的。"尼可便又忙忙碌碌地到后院的扶梯下面去搬运储藏的木块。客厅的中央部位有一座朴质且饶富古趣的生铁壁炉。他蹲在炉前将报纸、木片等物点燃做火源，少顷，柴火就在炉中劈啪作响，眼前果然有了一座火光熊熊的壁炉。

"看，这不是很简单吗？有时不妨试试烧壁炉，挺有意思的。希萨和我都很喜欢烧壁炉取暖，是别有情趣的。"他望着熊熊的火焰说，瞳孔中映着那火光明亮。尼可继续蹲在炉前，似为成功地升起柴火而感觉兴奋和骄傲。

"喝一杯茶吧。你辛苦老半天了。"我嗫嚅地邀请，同时也想好了万一对方拒绝时的应对之辞。没想到他竟然满心欢喜地答应了。于是，我请他去盥洗室洗净弄脏的手，自己则迅速走进厨房准备热茶。

壁炉前有两张简单的沙发椅，尼可和我各据一方，喝着新沏的茶。屋内的温度逐渐升高，茶的清香又添几许温馨的氛围。外面是蒙蒙的细雨。我们用带着不同口音的英语交谈着，谈一些风土人情，谈一些社会政局，也谈一些各自的家庭生活。

尼可说他的妻子是一位十分独立的女性，半年在华大教文学，半年去外地寻觅灵感和写作。楼下的房客便是她的学生。"罗杰偶尔也在文学的刊物投稿。他是极有潜力的青年诗人，假以时日，必然有可观的成就。"这是他对那个羞涩而安静的年轻人的赞许。

"你也写诗吗？"我终究抑制不住好奇而问。

"哦，不。我时常写评论的文章，不过，跟罗杰及我的妻子不同，我不写诗。我只是爱读诗。"接着，尼可告诉我，他目前仍在华大英文系攻读博士课程，兼任英文及英文写作的教职。（然则，他原是麦裘教授的学生吗？）我心中产生更大的疑惑。但是，这样的问题太唐突，不便发问，所以继续谈着一些关于大学教育及学生素质等的问题。尼可感慨地叹道："美国的大学生太舒服了，他们根本不用功。我很惊讶于他们英文程度之低。我在欧洲读书的时候，一般说来，欧洲，尤其东欧的大学生，比较成熟，程度也较高。"说完，尼可忽然起身。"我应该告辞了。谢谢你的茶。"

茶已凉，夜已深。尼可留下一壁炉的温暖给我，消失在西雅图阴湿的夜色中。

开学之后，生活忙碌而有秩序。由于课都安排在午后，我总是匆匆吃些简单的午餐才出门。一个人的时候，我爱在厨房窗边的小几上进餐。那窗子与后门并行，坐在火车座式的餐椅上，正好看得见后院，矮墙之外的后巷，几排后巷的高低房子也一览无遗。入夜后，我会把窗帘拉起，午餐则喜欢随便看看树木、屋舍和偶然走过的行人。

一天午餐时，忽然看到罗杰正靠着砖墙坐在草地上晒冬阳。他好像在阅读一本书，十分专注的样子，所以并未察觉我正俯视着他。

我想起正好有一个女学生做了一盒糕点来，十分新鲜可口，便从冰箱里取出一半，切成小块放在塑胶盘内，出门时绕到后院。罗杰见我走近，并没有起身，只是仰起头来笑笑打招呼。他戴了一副细金边的眼镜，阳光正照射着镜片，遂举起一手遮挡着。他眯着眼睛，白皙的脸晒得红红的，是一张带着些许稚气的脸。对于我很诚恳的馈赠，他很诚恳地接收，并且道谢。

"令尊近况好吗？我是听尼可说的。"尼可曾在闲谈间提及罗杰的父亲罹患癌症，缠绵病榻多时。

"情况不太稳定。这就是我有时三更半夜才回来的原因，希望没有打扰你。"

由于要赶去上课，我没有多逗留，简单交谈，即匆匆离去。临走时，瞥见罗杰摊放在草地上的书，那是一本诗集。开车从侧巷驶出时，在后视镜里看见罗杰已从盘中取出糕点享用，又继续在读诗，熙和的冬阳照耀着他鬈曲的金发。

关于罗杰，我没有多少了解。也许这两天来，老父的病情稍微稳定；也可能家族中其他的人在照料着；他有母亲吗？有兄弟姊妹吗？人活着，不免遭遇一些悲欢哀乐。罗杰的父亲罹患了不治之疾，而此刻，年轻的诗人在冬日午后的阳光下，吃着我送他的糕点，读着一本诗集，看来是那么和平闲在。究竟，我们如何能从外表去揣度他人内心的心事呢？驶向学校的路途十分宁静，我的思绪却一路起伏不定。

楼下的房间，大概只出租给单身者，似乎仅有盥洗室而无厨房，所以有时从罗杰进出的时间，可以推断大概是出外用餐去了。

我们共用的洗衣间正当他进出的通道上，洗衣机旁一张简单木桌，平时放置几本杂志。一次，下楼洗衣时，看见罗杰留了一张纸条，表示将出门几天，希望我把属于他的信件取进放在桌面上。从此以后，那桌面变成了我们留字通讯的地方。偶尔，我会放一些简单的食物请他享用，隔几天，便会见到致谢的字条。

感恩节的前几日，下楼洗衣时，发现小桌中央明显的部位，放着一小篮子的紫色花卉，下面压着一张纸条："感谢你对我的关怀，送这株非洲紫罗兰给你。希望你能及时看到这植物，至少，你可以留着这个小篮子。罗杰。"那铅笔的笔迹十分零乱，是写在一张撕下的笔记本纸上的。

往后的好几天，楼下静悄悄的，没有人进出的声音。是不是感恩节之前罗杰父亲的病情恶化了呢？难道在匆匆赶回家之前他仍记得留下一篮紫花给我吗？

而感恩节一过，时间便急速地滑向年终。期末的忙碌，加上被周遭渲染的圣诞节气氛，异国的岁暮热闹而落寞。学校在圣诞节之前结束，我也即将要结束短暂的教学生活，整装离开西雅图了。

离开西雅图的前几天傍晚时分，我打电话约请尼可来。我已经把房屋洗刷干净，准备交还之前，让房东查看一番。尼可似乎被什么事情耽搁了，迟迟未至，而北美的冬季，天奄忽就暗下，我只好匆匆吃过晚饭候等。

尼可约莫八点钟才来到。"临走时，有朋友来。"他解释迟到的原因。

"其实，用不着看。每回来访，我都注意到你把房子维持得很整洁。比其他房客，甚至比我们自己住的时候还干净呢！"他并没有到处检查，只是站在客厅里环视。

他穿着一件肘部破了一个小洞的厚毛衣，灰黑色的头发有一些

083

零乱。不知是忘了梳理，还是被外面的风吹乱的？那天是一个干寒的日子，门外漆黑，冷风呼啸着拂过街侧的枯树。尼可看来有些疲惫的样子。

"你吃过晚饭了吗？"我的问话十分中国模式。

"没有，还没有。"他笑笑。

"你不介意喝一碗汤吧？还挺热的。"说完，才有些后悔，怕对方拒绝。但尼可来·波勃先生当时大概相当饿，天气也十分寒冷，所以欣然接受了。炉子上有一锅热腾腾的罗宋汤，我盛了一大碗端出来。尼可便坐在客厅的沙发椅上啜饮着热汤。沙发椅子是他自己家的，甚至那瓷碗也是；但他是客人，喝着我做的热汤。

"汤很可口。像极了我们欧洲人的味道。"尼可边喝边称赞。赶巧，那汤是刻意学着西菜的方式调制出来的。这样的寒夜，有人分享我烹调的食物，令我感觉十分安慰。

话题遂跳跃过洲际。尼可开始谈起保加利亚的一些风俗民情。忽又提到："多年前，我曾经接我的母亲来美国住些日子。你知道吗？她越住越生气！"尼可的眼神忽然变得诡谲起来。我并不知道他有一位年老的母亲。

"我的母亲说：美国的妇女，跟她差不多年纪的，并不比她工作更勤劳，可是她们衣食住行，样样比她享受多了。她自己辛劳一辈子，结果，日子过得很辛苦。她实在很生气，所以不高兴看，就回保加利亚去了。现在，她和我的女儿住在一起。"我也不知道尼可还有一个女儿在家乡。那女儿大概不是希萨生的，而希萨的一双子女的父亲大概也不是尼可吧？

喝过热汤的尼可，话兴颇浓，正侃侃而谈。但是，他谈得越多，越增加我的疑惑。眼前这个保加利亚男子到底是怎样一个人啊？自以为图面逐渐可辨认之际，错置了几块，那拼图游戏竟然几近前功尽弃而徒劳无功。唉，不如将其推置一边吧。

　　不知是因为这个放弃的念头，还是由于室内稍微温热的空气，我忽然觉得十分疲惫，也就没有再专注去听尼可的话。尼可继续又讲了一些关于保加利亚的什么，最后起身告辞，又礼貌地重申对于罗宋汤的赞美。

　　送走客人的时候，有一股寒冷的风吹入稍嫌温热的室内，带给我愉悦的清凉。我进入房里，收拾一些书册和衣物，盘算着若干天之后就可以回到台北我真正的家了。中年以后，人事欢愁已见闻不少，外界的喜怒哀乐则又难免激动心湖，无端添增烦恼。我决定保留一段值得告慰的教学经验，其余的人与事，甚至美景与佳俗都归还给异乡的风雨景象吧。

　　临走的时候，我买了两本附录中国图片的英文记事簿，一本留在客居的书房内，送给尼可与希萨夫妇，另一本放置在楼下的小茶几上。罗杰还是没有回来。

　　离开西雅图的下午，有寒风微雨。

　　回到台北，也是有雨有风的季节，我又陷入忙乱的现实里，在无边无境无休无止的人情世故责任义务之中，西雅图的一季，仿佛退得邈远无由追忆。然而，有时候不经意地，忽然会闪过某些不成串的片断，譬如，冬阳下读着诗集的金发青年，或者喝着热汤谈论纵横的保加利亚人……

1990 年 3 月

脸（外一章）

深秋的台北东区，午后七时许，华灯初起，街头人潮汹涌，车水马龙。车的行速很受限制，无法畅通。幸而当天我不是坐在驾驶位置上，所以不必受到情绪上的焦躁困扰。行行而止，复行行而止，我无所事事，漫无目的地浏览右侧窗外的景象。

那张脸，便是这样极自然地映入我的视觉中。

那是一张女童的脸，约莫七八岁，也许八九岁罢，正从相隔不到五米的一辆平行慢驶的计程车后座窗内望出。起初，我只是借车停行之时匆匆一瞥，而后车子前进，我便收回视线看前方车子的尾部。但车行约十米，又被迫减速停止，我乃自然地又将目光移向右方车外。大概是整条大街的通行速度相若，所以我又看到女童的脸。

第一次见到时，我并没有刻意去看她，只觉得是一张相当娟秀的脸。这次侧首，却注意到她定定的眼神在注视着我。天色已经暗下，但街心有两侧高楼反射出来的各色光线，所以也依稀明暗。女童的脸仿佛是石膏的头像，只露出头部，颈胸以下埋在漆黑的车内。她的身旁好像有一个更小的男孩子，再过去是一个母亲模样的妇人，都十分模糊不清。

或许是她先看到我也说不定。这条路上的车子，各线道上虽然忽前忽后，却似乎谁也超不过谁；或许那辆计程车就这么一直跟我们的车保持不分先后的速度同时并进了许久。或许是那女童一直在注视我，才令我的视觉受到吸引的罢。

　　这一次，我也定定地望回去。女童的脸仍然像从后车座内浮起的雕像一般稳定，在朦胧的光线里，显得有些透明似的白皙。她小小的脸，五官出奇地端庄。眼睛并非圆大，却有一种古典的韵致，挺直的鼻子具有成熟的美，似乎不应属于十来岁的女童的脸，嘴唇小小薄薄，下巴略微削尖。这张雅致的脸上，垂覆着齐眉的刘海短发。

　　我过去曾在现实里及图像中见过许多逗人喜爱的少女的脸，但似乎从未看到过这样一张近乎成熟的好看的脸。她一动也不动地望着我，无法形容那表情，仿佛是冷漠的，又像是好奇的，甚至是关切的，却终究给人十分平静的感觉。我们的车子是关着窗开空调，这一层玻璃给我一种距离感和安全感，否则被她如此直视，真有些狼狈不知所措。车子停了许久，可能是前面的圆环形成交通阻塞状况。我有时不耐烦地看看前方，然后再侧过头来看右方；而那女童似乎比我冷静稳重，每回我看到的她，都保持同一个姿态，甚至同一种眼神。

　　我试着向她微笑，但她没有回应，也没有退缩。这使我觉得相当尴尬。幸而这时车道稍稍流动，我乃得借机转回头避开她。但是，我仍然看到那辆计程车在旁边车道上驶得比我们快，超前两三部车子，又意外地发现，女童努力地从半开的车窗探出半个脸向后望，虽然夜色迷蒙，我仿佛见到她那焦躁的眼神。这个发现，使我感到一丝温暖。

　　然而，等我们的车子赶上那辆计程车，平行并驶时，女童又回复了先前那种近乎冷漠的矜持。她那一张好看的脸浮现在夜色中，吸引着我不得不看，但那双不知代表什么感思的眼神，直望得我心惶。我从来没有被一个女童看得那样不知所措过。

我们似乎在比赛看对方。

而终于车辆的流动有了较大的改变。计程车司机技高一筹,左右穿梭,把我们抛在后头,改道争在前行。我一直盯住那辆车,明明看见女童站起身,从宽敞的后车窗向后望。这次,她不再矜持了,显然流露出好奇与关怀,但我们的车子远远被抛落在后,只见她那瘦小的上半身暗影,看不见阳光似的白皙脸庞,也望不到不可言状的眼神。

我们开车出来,是准备去庆祝一个家庭的纪念日,可是,那张陌生的女童的脸,却无端带给我惊喜和感伤。

是以后大概不会再见到的脸罢。那张脸长大之后,会有什么样的改变呢?我担心那样美好的脸庞上任何一点改变,都会有损于今晚所见的印象;然而事实上,任何一张脸都不可能永远停留在某一个阶段的美好,应是无疑的。

脚

三年前的夏天,我们由朋友驾车去观赏九州的阿苏火山,回途在一家没落的老式旅馆停留。由于旅馆老旧没落,游客稀少,反而得以享受一分清闲的度假气氛。

沐浴罢,换上白底青花的日式浴衣,觉得遍身舒畅,旅行的劳累尽消。丈夫与朋友还留恋温泉浴,没有回房。

我和女儿穿着同样的浴衣,并列倚栏眺望着窗外的景色。这家旅馆虽已老旧过时,地点倒是上好的。窗下是凸出的岩石,岩石之下便是潺潺的溪流,带着硫黄味的水色,十分澄明。溪流相当宽广,对岸也有一大排高高低低新旧杂陈的屋舍,多半也是旅馆一类的建筑。有三两个人在岩间蹲着垂钓。我没想到硫黄水中也有游鱼。对面屋舍之外，是起伏的山峦。雨后的山色，苍翠欲滴，而除了淡淡的硫黄味之外，我们又呼吸到属于乡野的纯净空气。

老式的旅馆，没有空调设备，但是完全敞开的窗子，却一任山间的清风吹入，清风吹散了我们的发丝和衣襟。

我们母女于饱览山水秀色的同时，又絮絮叨叨漫谈着。我感觉到一种浴后的慵懒，便跌坐在榻榻米上休息。女儿依旧贪婪地弯着上半身凭栏迎风赏景。

我把背靠在窗沿坐下，和女儿正成相反的方向。由于姿势变低，视线所及也自然矮下来。在我放任伸直的双腿前，是一张长方形的矮几，方才那位老板娘在矮几上面放了一组日式茶具与一只热水瓶。矮几下面两旁，各放置三个蒲团，虽然布套的花色半褪，却洗涤干净，又浆得爽挺。八席大的木结构房间，到处陈旧却处处有维护的痕迹，譬如地面上的榻榻米，已变得近乎褐色，却一尘不染，且又有一种含蓄的光泽。记得从前有人告诉过我，旧时日本妇女用米粳刷洗地板与榻榻米，以保持其光洁，不知这山间的旅邸是否仍沿用传统老方法？

在我的目光巡梭于陈旧而光洁的榻榻米之际，却忽然被自己身边的一双裸足所吸引住。那一双青春的裸足，因为浸泡过温泉热浴而显得极其纯净无垢，白皙的肌肤上隐隐透着一层红润的血色。骨肉均匀而自然伸展的五趾，像春天刚刚苗壮的植物一般无拘无束，可爱极了。

女儿并不晓得她的母亲正被自己那双裸足的美所震慑，仍然陶醉于远方的山光水色。

这是我第一次注意到一双十九岁少女的脚有如此美丽，而且是自己女儿的身体的一部分。在她婴儿时期，我不是一次又一次小心疼爱地为她沐浴、洗涤那双小脚的吗？先一刻我们还母女共浴在一池温泉里呢。不过，说实在的，刚才那种公共浴室的裸裎相对，可真有些令人尴尬。尽管浴室之内别无他人，我们还是佯装自然地极力回避着对方躯体，只有把头部以下没入浅黄色的温泉池中，才敢悠然对谈。我已经不记得有多久未见过女儿的裸体了，那似乎是遥远的过去。讲究礼貌和尊重隐私的日常生活，竟然使我们已经习惯于某种程度的陌生。

眼前她那一双自然放松的裸足，可以任由我凝视而无须回避，才使我真正意识到女儿的成长，以及伴随其成长而表露的美。多年以前，旅游欧洲，在佛罗伦萨，在凡尔赛宫，曾经徜徉于古典名画、大理石雕像之下，对于那些栩栩如生的雕绘，那样崇仰那样赞叹过，然而，布面和石刻的模仿，毕竟无法与这一双触摸有温暖的肉足相比！

我不否认最初看到这双裸足时，多少有些慌乱的感觉，仿佛有一种无形的道德束缚逼迫我移目，但是过不了多久，却能勇敢而坦然地欣赏；我甚至忘记那是女儿的双足，而只是感动于一种纯然无邪的美之中。

过去，我自以为了解日本文学，但偶尔也会对其中有些沉溺于肉体赞颂的部分感到排斥。读川端康成的《睡美人》时，对那个伴同失去知觉的少女卧眠的老人，有说不出的嫌恶，至于小说与电影中屡屡强调的女性后颈和足部，也始终是暧昧懵懂的。

这次温泉旅邸的美感经验，令我似乎又稍稍接近了某种真质。而经由这个体验，也使我更相信，在文学艺术的世界，有时仅依凭文字理论的修积是并不完足的。

1986 年 11 月

辑三

窗外

台北车站最后一瞥

计程车抵达台北车站正门口时，是十点二十分，距离出发的时间尚有四十多分钟。那夜台北的交通情况意外顺畅，以致早到这么多的时间。也是由于看到新闻报道说：台北车站将从当晚十一时以后改用西侧的临时车站，所以才格外提早出门。我们的车票是二月二十五日二十三时零三分南下的"复兴号"，未知到底该由旧车站进入月台，还是新的临时车站？

旧车站正门上方的时钟，仍然极尽责地指示着全台北市最准确的时间。要直接跨入这幢旧的建筑物内呢，还是改向隔邻的西侧走去？我们犹豫了一下。

"反正还早得很，先到新的临时车站试试看吧。"我提议。其实，一半是想看看所谓临时车站究竟是什么样子。说新也不真的新，这临时车站也已经启用一段时间了，只是，在台北市的东区住了十几年之后，平日的生活范围已经有意无意间拘限于东区，无事不到其余三区去；台北市的铁路地下化消息，从报纸电视里已得悉，台北车站有了新的临时建筑物的消息，也从报道中知道了。我甚至还路经过几回，匆匆从车窗内望见过这两层楼的建筑物，却始终无由踏入其内。

台北的夜空无月也无星，是阴雨后黯淡乏味的夜空。那临时车站却异外光亮，楼上楼下灯火通明。我们在楼下走了一圈。毕竟是夜深时分，搭车和送客的人并不多，四处维护得相当整洁，令人满意。我们看到中央设有电扶梯，便也好奇地让那电动的机器送上楼。我看见扶梯的右手边墙上挂着一大块大理石雕字，十分气派壮观。

楼上的人也不多，有两三对学生模样的男女，戴着毛线帽，穿着厚袜子与登山鞋，背上各负一背包，正兴高采烈地谈笑着，显然是要远行冒险的样子。三个人聚在一起的，是小家庭吧，男人提着一只中型旅行箱，女人怀中有一个睡着的幼童，他们默默相对，有些疲惫的神情。另外还有些人上上下下走动着。

我们找到一位穿制服执勤的人询问：十一点零三分的"复兴号"要在什么地方进月台？那位表情肃穆的中年人说：还是从旧车站上车。遂又乘电扶梯下来，穿过露天的通道，回到方才下车处。

十一点零三分仍然划归入十一点之内的吧。我心里想着，同时也宁愿从这个旧车站上车。这一班车次，若非最后一班从旧车站上车的，也该是少数最后从此上车中的一班才对。至少，明晨开始，所有的乘客都得由新的临时车站进出。这真是一种缘分，让我们赶上台北车站的最后一夜！

其实，也是出于我一时好奇而浪漫的心情使然。想在旧历年后学校开课以前到南部去度假，从繁忙紧张的人际事务走离一阵子。旅行的时间是大致商量好了的，至于采用何种交通工具及什么时候出发，却是我忽发的兴致。开车太累，乘飞机又太快，何不利用火车？若是乘坐日间的班次，几乎要虚掷大半天工夫，未免可惜；若改乘夜车，让火车把我们在睡眠中送到高雄，岂不美妙！虽然事后知悉，那种"东方快车"似的卧铺，早已成台湾的铁路历史，根本不存在了。不过，偶尔在火车上睡一宿，将车厢晃动权充儿时的摇篮，轨道声响当作记忆里的催眠歌，也可能别有风味亦未可知。

既然要在火车里睡眠，就不宜到达得太早，至少，抵达高雄后，能接上驶往乡间的公路车才好，否则凌晨徘徊街头，不堪设想。我们用倒计时的方法选择了几种可行的列车班次。最后决定选夜晚十一时零三分出发的"复兴号"。我们小心谨慎地在三天前就购妥车票，当时并不晓得那会使我们成为台北车站的最后一批旅客。

从方才灯光明亮的临时车站折回到旧建筑物内，相形之下，这个古老的车站，未免黯淡；或许夜深旅客稀少，也是造成黯淡印象的一个原因吧。我发觉自己从未有这样夜深时分进出台北车站的经验，便也就越发感到冥冥中促使自己在这最后一刻来到台北车站的缘分不可思议。

以往，这里给我的感觉总是拥挤的，火车南下北上不停，人潮也一波接一波，空间永远显得不够大。但今晚灯光凄惨，旅客稀疏，腾出偌大的留白。正门入口处，有工程用的围栅拦阻。我们从左边绕过，到前方来。左侧售票的窗口都已紧闭。我想到也曾经在这里排过长队，怀着焦躁的不知是否买得到车票的心情，遂不免多望一眼。许多的窗口沉默紧闭，在如此寒冷落寞的冬夜，仿佛一双双沉睡的眼睛，更像一双双死亡的眼睛。

售票处的对面，是候车室。坐在椅上的人，不满两成。时间依然还早，我们决定去参加那稀少的候车者阵容。走过这一排又移到另一排，空席太多，反而不知挑选哪一个位置才好。我心中暗想，这样未免太奢侈，便中止无意义的徘徊。

我们坐在面向进门的第一排座椅上。这一排席位，除了我们两人，便只有一位单身女子坐在另一端，箱子放在隔席位置上，正低首闭目养神。我们也让旅行箱占据一个座位。今夜，台北车站最后的一晚，旅客寥落，就让我们奢侈地占用过多的空间吧。

有两个穿着铁路局制服的男人，各拉一辆拖车走过我们面前，那上面放置着大型纸箱。从他们的方向判断，是朝新楼那边走，大概是在搬运迁移办公室用具一类的东西。

明天早上开始，他们都将在西侧的临时车站上班了。

我漫想着，抬头看看这幢旧建筑物。屋顶很高，尚未流行冷气设备时代盖的房子，多半有这个共同的特色，至少让大家的头顶上方有较多的空间，不至于像最新的建筑物那样有压迫感。日光灯的照射下，我辨认不出那墙的颜色是白是黄还是灰，也许曾经是其中的一种颜色，古旧加上台北市的空气灰尘污染，终于变成这种性格模糊的中间色吧。在墙与屋顶交界处，有蜘蛛网。可能因为新旧层层编结，再经灰尘助威，竟有好几处显现牢不可破之势，尤以转角部分为最壮观。蜘蛛网阵与蜘蛛网阵之间，有一个也是颜色极难辨识的抽风机，介乎灰色与黑色之间。那个抽风机想必也曾卖力地转动过，拂去人们身边的一些暑气才对，如今却困倦地嵌镶在那里，仿佛它只是老旧墙壁的一部分。

无意间看得这么彻底。我觉得有些懊恼，也有些感伤，或者两者兼有，那种暧昧难辨的感受，竟也与墙壁和抽风机的颜色一般无法形容。

一个接近退休年龄的男人，提着一只大型的塑胶袋，逐一检查垃圾筒，将筒内的东西倒入其中。趁他过去检查另一个墙角地带时，我把手中捏着的纸屑丢入那蓝色大袋中。地面上也老旧，倒是维持相当程度的清洁。我内心对这位尽责的老人肃然起敬。不知道从今晚以后，他会在什么地方执行他的任务？

从屋顶看到地面之后，便也就无甚可观了。

"呵——呵——"突然从身后传来一个男人打呵欠的声音，在空旷的候车室里引起回响，以至于有格外放肆的效果。我决心不要回头去看打呵欠的人。不过，这一声响倒提醒我，今夜不仅色调黯淡，而且也寂寂无声。没有音乐，没有电视播放新闻之类的声音，甚至深夜的候客也停止了交谈吗？也许是我太专心看有蜘蛛网的墙角、清洁垃圾筒的老人，而怠慢了听觉。

"走吧。可以进月台了。"我顺从地立起身，随手提起箱子，依依对无甚可观的候车室再度浏览一下，才慢慢走向列队人数不多的检票口。

检票员把我的车票翻过来仔细核对后，在边上剪下一个小洞。剪完这一队人的车票以后，下回他大概要到西侧明亮的建筑物内工作了吧。

"复兴号"已在站内。我们很快就找到六号车厢里的位置。我选择靠窗的座位，正好侧首可见车站外的景象，但是由于车厢内灯光很亮而外面较暗，所以不贴近玻璃窗就会看到自己的脸和车厢内景。

我们把行李放妥后，静候发车。

陆续地有人检好票走过来找座位。

我回想自己从这个车站上车的经验。比起通学通勤的人来，进出的次数当然是少多了。不过，南下北上甚至往东，或者从各方向回到这里的次数，竟也多至不可数。

记忆中最兴奋的一次是初中毕业旅行。全班三四十个同学，由一位年轻单身的物理老师领队，去阿里山旅行。那是我生平第一次离开家人的远行。穿童子军制服，提一个旅行包，好不容易抛开母亲一再的叮咛跨出家门，赶到台北车站集合。时光虽不可倒流，但那时候的心情，似乎还依稀记得……

像我当年的学童，在这半个世纪以来，不知到底有多少人经验过多少类似的心情？当然，尚有其他的悲欢离合，也在这月台上一次一次地留下痕迹，旋又消退无踪。

台北车站，像一个拥有无限包容胸怀的母亲，默默地凝视人间的一切。而今晚，将是她最后的一夜。

有一个中年男子推着大拖把，来回在我的车窗下走过。每走过一次，地面上就干净出一条路来，虽然不断有人踩过他刚刚清洁好的地面而留下足迹，他还是丝毫不懈怠地工作着。

十一点整的时候，从我坐着的车窗正对面办公室内，走出一个人，手里提一只公事皮包，熄了灯，郑重其事地锁上门，然后，仿佛迟疑了一下，才转过身来，与拖地的中年男子打了个招呼，向西侧新站的方向走去。

他的心情，我想我明白。

不久，传来播报火车出发的消息。

火车于是开动了。我把脸更贴近玻璃窗，专心注视所能收入眼帘的一切，因为我知道这是台北车站最后一瞥。

1986 年 3 月

东行小记

不知从什么时候开始，左侧车窗外的景色已不再是栉比的钢筋水泥建筑物，也不再是叠现的瓦檐砖墙，却是一径绵延的海岸线。

沙滩看来十分细柔，岩石与草丛不时以各种或同或异的姿势在窗外飞逝。极目处的海洋是湛蓝，中间的一段反而忽暗忽浅变幻莫测，等到涌向岸边时，又是澄清无比的蓝，而当其亲吻沙滩之际，则已化作一条无可限量的白色花边了。

婆娑之洋，美丽之岛。

火车正沿着美丽之岛的西北端疾驶，这海域应是台湾海峡。

倚靠着舒适的车座，任由身体随车厢摇晃而有规律地左右摆动，我的思潮难免也起伏着。然而，初冬煦阳下的海水似乎和平安详，若无其事地重复其永恒的漾荡。

既然出游，最好不要把烦恼忧虑带出来，至少也要想法子暂时抛开；倘若抛不开，那就把它们收藏起来。我已经把那扇门关好，而且还上了锁。

海岸线忽然不见了。放眼望去，是丘陵，是林野，是荻苇。蓬蓬然的荻苇，有些已枯萎，有些尚余灰白，大概是唯一能够用以鉴别季节的植物吧。生活在亚热带地区，实在不容易体会"岁寒然后知松柏之后凋"，似乎所有的草树都是后凋；当然，若是细心观察，夏冬之间的绿，还是自有层次分别的。

丘陵、林野、荻苇和没有季节敏感的绿，构成广大无边的视野。客观说来，或许找不到恰切的赞词，但这是我们的土地，而且是美丽之岛的一部分，所以依然是十分美丽。

在缺乏变化的这一大片视野之后，火车通过了几个隧道。有的是闭目睁眼之间就已光明在望，有的则是出奇的漫长幽暗；可又不是川端康成笔下雪国的隧道，因为隧道之外，仍然是绿。

筚路蓝缕，以启山林。

几度明暗交错之后，风景逐渐改观，山势陡现峥嵘。连嶂叠巇的山脉，从远方杂沓逶迤而来，忽呈绝嶝蹲踞车窗边，几乎伸手可以触及那疏密错落的林陬与山石。像是一个长途奔跑的人猝然止步，胸膛犹起伏未已地立在那里；而那起伏未已的胸膛，则又仿若无数重叠的仕女裙褶，一页一褶的笔触都清晰可见。

不是没看过山。富士山遥望，确实近乎神圣。阿尔卑斯山登蹑，犹觉其雄伟壮观。然而，神圣或壮观，都是异国的山，总不免于隔阂。眼前这岩岭重叠，蓊郁苍翠，则如此具体实在，是我们的。我的心充满欣慰与振奋。那扇门关得紧紧的，锁得牢牢的，没有一丝烦恼忧虑会溢溜出来。

火车已经转了一个大弯。如今，又见海洋在左侧窗外，却与前此之所见甚不相同。虽是迢递远瞰，那劲风衰草之外的岩岸牢落奇绝，自有一派野性难驯的风骨，惊涛翻腾，则又助添傲睨不可一世之概度，但波浪的进向是无法逼视的，大概是岩岸高踞的缘故。至于水,是碧绿一色;属于太古原始的那种碧绿,把海天相连,令空水共澄。这水色与台湾海峡有别,这是太平洋的一隅。

然而,碧绿的太平洋并不能顺利饱览,因为车窗之外时有峭壁赫然阻挡视线。于是,太平洋的岸线便在那断续的峭壁之间兀自延伸开来。

极目睇左阔,回顾眺右狭。

其实,右侧的景物也十分丰盛。林壑与危石的组曲,是右窗外引人之处。由于崖壁陡绝,往往就在咫尺眼前,故而草树砂石,蔽翳皆周悉。属于台湾东部特有的奇岩怪石,以皴笔的堆叠法涌现。一大片连接着另一大片飞驰而过的,不是蓝荫鼎毫端的竹林村舍,而是张大千笔下的苍劲山水。

"东也在图画里,西也在图画里。"那是张希孟小令里头的两句吧?江山如画,壮丽感人,而文学所能言传的何其有限!语言文字只是糟粕,古人明白这个道理。恐怕形象色彩的摹临,也无法追踪捕捉大自然于万一。人其实卑微渺小,人所作的努力也常是枉费徒然,既无法超越自然,往往连过去的自我都无法超越。我感觉无助乏力。那扇门怎么会无钥自启?烦恼与忧虑竟从门内汩汩然涌出。

我重新调整好坐姿,思考所以忧从中来的道理。仿佛觉知,又似若不可觉知,乃决定让它停留在知与不知之间,那是一个比较安全的位置。我终于找到合理的解释:这车座虽然十分舒适,但窗外的山水景象令人目不暇接,而三小时以来持续的专注,如何能免于疲劳?

不知从什么时候起始,飞逝的峻岩幽谷已淡远,左窗和右窗外，屋宇道路逐渐密合起来。

火车即将抵达北回铁路的终点——花莲。

1984年2月

迷　园

那个园，在我记忆的深处。

那个庭园，我依稀记得；有些部分仿佛还是相当清晰的，虽然已经是十分遥远的事情了。

童年时住在上海的虹口。我们的家面临着江湾路，在虹口公园游泳池的对面。至于我家后面，另有七幢两层楼的小洋房，是父亲出租与人的，所以从我家后门出来，即可以溜到衖堂里玩。那个衖堂，为七幢住户所共有，也是我们家姊妹兄弟时常玩耍的地方。

衖堂的前方有两大扇镂铸的黑色铁门。铁门外即是江湾路，车辆来往虽然不一定很多，我们却是被禁止随便跨出铁门上街的。我们的活动范围，除了自己家的庭院，就限制在那条衖堂里头。童心有时不可思议。虽然自家庭园有草地，一架单杠、一个沙坑和一双秋千可供戏耍，但还是向往着篱笆外头的世界。

既然父母严禁我们任意走出衖堂的铁门外，那就只好退向衖堂的尾部。我们发现衖堂尾部渐渐荒芜的尽头，竟然有一个园子，一个神秘的园子。

那时候，不作兴用水泥筑墙。像我们住的两层楼洋房，是十分新式的，但周界却是采用细竹编制的篱笆。那种竹篱笆，无论从里望外头，或自外看里头，总是隐隐约约，可以看得见车辆或人影，却不顶十分清楚的。那个神秘的园子，也是有竹篱笆围起来，只是靠近衖堂部分，或者是年久失修的缘故吧，有些破旧损坏。我们这些孩子当中，也不知是什么人兴起的顽皮念头，一次拆毁一小部分，日子久了，那损坏破旧的情形就愈形明显，终于拆毁成一个小洞，每一个小小的身躯都可以钻进去。

这件事情，家里的长辈们都不知晓。我们小孩子，心中既歉疚而又兴奋，每个人都为拥有一个共同的秘密而充满了复杂的感情。事实上，初时我们并不敢贸然钻进那个园子里，顶多只是轮流趴在洞口觑看那个园子而已。

"我看到大树了，还有柳树呢！"

"有池塘，有好大的池塘。"

"那边好像有一个白房子。我看见石阶了。"

每个人都要炫耀一下别人没有发现的部分似的，你一句我一句，越发兴奋起来。

自从洞口变大了以后，我们更按捺不住好奇兴奋，几乎天天下课后都要到衖堂尾的洞口观察一下才心安，而且每一次的行动都是隐秘的、悄悄的，千万不能给家里的长辈察觉，也不能让衖堂里的大人知晓。

那个庭园似乎很大，篱笆洞口这一部分，大概是庭园的末梢地带，所以乱草丛生，没有经过整修的样子。于今回想起来，第一次忐忑不安地窥伺洞内景象时，仿佛什么也没有看清楚。自丛生的乱草隙缝望进去，确实是有一些树木、池塘、屋宇和台阶，等等，但一切都是朦胧的、迷糊的，甚至是虚幻的，像一幅乱针绣的图像似的。许是因为那样子，更激发了我们的好奇心也说不定。

逐渐的，只是从篱笆外的洞口向内窥伺，已经不能满足我们这些小孩子的好奇心了。不知是谁带头的，大概是哪一个胆子较大的男孩子吧，我们试着从那个洞钻进篱笆的那一头。

篱笆的那一头，便即是那个大房子的后园末端。其实，刚刚接触到的景象，与趴在地上看见的并没有什么分别；只因为脚踏在别人家的地上，遂有十分异样的感觉。更兴奋、更慌张，而且忐忑不安。我们都不是"坏孩子"，但是，每个人的心里头都有一种犯罪的感觉，那种感觉明白地写在每个人的脸上。我们三几个孩子屏住气，静静悄悄，互相察看别人的脸。我自己仿佛觉得变成小偷似的非常不安。那时候，如果有人促狭地喊叫一声，猜想我准会吓昏过去。不过，我又猜想，别人大概也同我一样的心境，所以我们只是静静地在原地犹豫。

终于，不知什么时候，不知什么人带动的，也许是三几个人结合成为一个整体，渐渐向前移动，我们好像被一种不可抗拒的力量推动着，在向前慢慢行进。脚上踩着的是长短不齐的野草，时则露出泥地，时则有一片小花。白色的、淡紫的，或是黄色浅浅的，就像是江湾路铁轨两侧草坡上随处可见的寻常野花。泥地和草皮仿佛是微微沾着湿气，许是头顶上树木蓊郁，而且枝叶繁密的关系。我好像如今都能记得偶尔抬头时看到的一小圈一小圈的阳光，有些令人眩晕的奇异感觉。那应该是初夏的季节吧，或者是暮春也说不定。

果然是有一潭池水。小小的，并没有想象中的大。池水的中央泛着浮萍，周遭有些似乎经过布置的石堆，或是垂柳什么的。有没有禽类在水面上浮游呢？也许有，也许没有，不甚记得了，但记得当时十分兴奋的心境。那种兴奋如何解说呢？就像是一幅图画忽然变成了实景，而自己竟然就在其间；又像是一场好梦陡醒，却发现现实与梦境正好吻合着。虚虚实实，实实虚虚。

第一次溜进那个庭园的记忆，大抵如此。好像是看到很多东西，其实大概并没有看到多少。草、树、阳光、池水，或者还包含其他琐琐碎碎，如今已记不清楚的一些东西吧。

不过，有了第一次的经验以后，我们几乎迫切地期盼着下一次，以及更多下一次的机会。那座充满我们共同秘密的庭园，遂变成了大家于玩腻各种游戏之余的一个好去处。而每去一回，总多少有一些新的发现。譬如说，同样是庭园末端的部分，稍微再深入一些，有一片比较整齐的草坡。蒲公英满开的时候，我们女孩子便坐在草地上编织黄色的花环，做成手环，或者花冠，头顶上晒着暖暖的阳光。又譬如说，男孩子们告诉我们，高大的树上，有鸟巢，里面藏伏着一些小鸟的蛋。可是，我自己总爬不了那么高，所以并没有亲眼看见。有一次倒是看到一个不小的蜂窝在枝丫间，吓得连忙滑下来，鞋子脱落了，手腕也擦伤了；擦伤的手腕，只好跟母亲撒了一个谎，才换得母亲温柔的疼爱，洗净伤处后，擦了一片红药水。

我们其实是胆小的，只敢在那一片似乎无人管理的半荒芜地带稍微活动，也不敢大声喧哗，唯恐引起屋主的注意，那可能就不得了啦。会有什么不得了的后果呢？其实也不甚明了，大家只心里戒惧着。许是那种充满危机感的意识，反而促使我们好奇也说不定。

至于屋主是什么样子的人呢？有男女主人或像我们这样子年龄的孩子没有？我们也始终不能一探究竟。

从池塘往对面望，似乎有一段石板小径通达石阶。石阶上是一片阳台，阳台似乎并不十分宽敞，但一排白色的落地窗却总垂着白色的布帘。为什么那一排落地窗反而令我们看不到屋里头和屋里的人呢？我们都不明白。也许是我，也许是别的孩子，我的妹妹，或者我们邻居朋友之中的某一个人忽然想到的。那白色大房子可能是鬼屋！

一旦有了那样子的念头以后，立刻感到毛骨悚然。大家急急退出园子。落在后面较小的孩子，吓得要哭出声音来，我们较大的赶紧捂住那小嘴巴，唯恐连累到大家。风也凉了，花朵也不再鲜艳了。我们手脚发软地,一个接着一个,快快钻出园子。出得衖堂,面面相觑,每个人的面庞上、衣裤裙摆上,都沾着泥巴,但一点都不好笑。大家铁青着脸,哆哆嗦嗦各自回家去。

遂有一段时间,没有人再提起游园的事情。我感觉有一些惶怖,也有一些遗憾,甚至相当悲伤。

日子一天天过去,即使偶尔走到衖堂底,那里明明有一个我们辛苦挖出的通道,但是怎么会一日之间竟变成充满恐怖的庭园呢?稍稍靠近篱笆望进去,园内依旧是林木和草丛,有花朵,也有阳光,有时甚至还隔墙听得鸟声啁啾呢。多么可惜啊,我们的园子。

是的,那个神秘的园子的末端一些角落,不知不觉间,似乎已经属于我们那一群经常出没的孩子所拥有。然后,忽然又失落了。

日子在失落之中一天天过去。年少的我们,其实还是有许多可以分心的事物。不过,由于那座令人迷惘、神秘、又恐惧的园子,就在我们住处的后头,所以总是无法把它完全忘怀。过了一段时间之后,如今已记不清是多久了,也许是两个月,或三个月,或者竟有半年之久,有人又忍不住好奇地开始窥伺庭园的内里。于是,传说又开始散播起来。

"我看到一个工人。园丁模样的老头儿。"

"嗯,还有一个妇人呢。不是鬼,是人哪!"

年少好奇的心,又禁不住地蠢蠢欲动。

仿佛是一个秋日午后吧,我们居然又壮起胆子溜入园中。枯干的黄叶在脚下沙沙作响,几个小孩子挤在一起,蹑手蹑脚地走在已经有些陌生的庭园里。头顶上的叶子已凋零,枝丫纵横,秋阳透过枝丫在我们的面孔上和肩膀上画着纵横的光影,有一些可笑的样子,也有一些可怖的样子。有一人忽然蹲下来,大家也都机警地蹲下来。屏住气,睁大了眼睛四望。从林立的树干间望过去,见到一个微胖的老头儿在扫着阳台上的落叶。他显然是没有听到我们沙沙的脚步声，或许是扫帚在石板上的声音太响，所以没有注意到我们的吧。

他的形象，他的动作，在明朗的秋阳下清清楚楚地映现在我们的眼前。不是鬼，确确实实是一个人。我看得出玩伴们的眼神中都透露着这样的讯息。大家都心安了。但既然证实那个屋子不是鬼屋，园子也不是鬼园，我们却反而感到有些微的失望似的。

其后，大概也还是偶然溜进去过的，但活动的范围，始终没有逾越池塘。也偶尔再看见过远处那个扫地的老头儿。他有时戴着一顶深色的帽子，低头用心而迟缓地扫落叶。我甚至还有一次看见落地窗的白布帘微开着，有半截妇女的裙摆，和白挺的西服裤管子。但是，距离太远，窗帘还是挡着上方，所以莫说脸部无由得见，连他们两个人的身影也没法子看见。

那个穿着笔挺洁白西裤的男人是屋主吗？还是来访女主人的神秘男客呢？

为什么在那样的季节里穿着白西裤呢？他可能是一个海军军官吧？

女主人的面庞和上半身都看不见，实在是很遗憾。她是不是很美丽？是不是一个人孤单地守着那座大白屋？

那时候的我，正值从童年跨入少女时期的年纪，并不懂得什么，只因为喜欢阅读，有一些些想象力和一大堆好奇心，便以为自己猜着了什么似的。

天气逐渐转凉。我们放学后的大部分时间，都局限在自己家里。上海的冬天虽不是酷寒，却也有霜冻，有时甚至也有雪花飘飞。

而时间在寒气中缓慢地流逝。

春天再临，路旁的野草不知不觉间已长出来，蒲公英也黄黄地开了遍地。有人发现，衖堂底的竹篱笆已经翻修过了。我们秘密的通道，当然也不再有了。

就在那一年的乍暖还寒时节，我们举家搬回台湾。

江湾路的家，家后的那条衖堂，和那个曾经属于我们的庭园一隅，都遗留在已然褪色的童年记忆里。然而，我依稀记得，有些部分甚至还相当清晰地记得，虽然都是一些微不足道的琐碎片断而已。

在遥远的记忆深处，有一座迷园，我没有忘怀。

1993 年 4 月

白 夜
——阿拉斯加印象

轮船这一天整日在冰山海湾内缓缓转动。

海湾南北二十五英里长,东西三英里宽,是一个狭长形状的湾。天气晴朗,无风亦无浪,船身十分平稳。

昼间的甲板上充溢游客,舷边更不易找到一个空隙,人人拿着各式相机或录像机拍摄白皑皑的冰山群;如今夜已深,兴奋的表情与赞赏的叹声,有如梦幻一般,不复闻见。甲板上,空空荡荡,偶尔见到三数坚持不眠的人。

坚持不眠的我,是为了一偿昼间未能饱览北地奇景之憾,也或者是想要珍藏今生大概不再的记忆吧。

在十分宽敞的甲板上走了一圈。船舷的右翼是拍打船身的寒波;稍远处见浮冰漂流,有碎细点点,也有较大的,如猛兽,似奇禽,从不同角度观看,自能引发不同联想;更远处,便是皑皑绵延的冰山群了,连嶂巘崿,变化无穷,难以言状。左舷的风光亦复如此。寒波、浮冰,以及巘崿难言的冰山群。

更上层楼、更上层楼,终于登上最高层的甲板。现在,我几乎可以不必仰望而平视远方的冰山群了。

昼间在阳光下,冰层反光,不容逼视;而今是深夜十一时,天依然亮着,却不再光耀照目。我清楚地看见冰山垒垒峨峨、荦确磷坚的样貌，却都蕴藏在深沉的白色里。其实，不是白色；千万年、千千万万年的冰山，有深刻的白色，是一种渗浸着宝蓝色的白。也许这种包容宝蓝颜色的白，才是最原始的白色吧。

而蓝白色的冰山群，沉寂地矗立于船的左右两翼远处。浮冰也是沉寂的，寒波亦然。这静谧，令我突然欲泪。仿佛我心底的某种思绪径自离我而去，瞬息之间遍历皑皑的群峰，带着砼然巨响回到我最深沉的体内。于是，我听到群山冰冻的一切故事了。

感觉到冷，是相当冷。气象预报说，今天的气温在华氏四十二度到五十一度之间。天虽然还亮着，如今已是深夜，气温当在四十五度以下吧。无人的最高层甲板上，还有一些风吹。我拉起薄呢外套的衣领，一手按着扬起的裙摆，走下扶梯。眼角因寒风而有泪水流出，鼻尖和双耳也是冻凉的，真不能相信这是盛夏七月天。

下面的甲板上，也还是冷，但风势较弱。仍见到三几个人徘徊着。我看到一个东方人，是一个日本人，他善意地和我打招呼。

"还不想睡吗？"我用日本话同他讲。

"啊，不舍得这个夜色。"他用十足的美语回答我。

我们站着交谈。他告诉我：他生长在西雅图郊外，大学毕业后即在一家美国商务机关任职，负责与日本方面接洽事务，但只会讲几个有限的日语专有词；已经退休了，兴趣是垂钓。

"这次旅游终了，我要和妻子留在安哥拉契钓鱼。"他憨厚的面孔上，有健康的阳光晒过的痕迹。看来是一个喜爱户外运动的人，但显然不是能言善道型。

"我不喜欢金钱买得到的物质。"

"你看，大自然多么美、多么伟大！"

极简短的谈话内容，却足够令人揣摩他的个性。忽然，他问我："你怎么一个人在这儿？"

"想看看北地的夜晚。"我真是有些好奇的。

"谁知道什么时候天才黑。"他可能也是好奇心重。

我们走到白色的栏杆边。气象预报是说：今天早晨五时二十一分日出，晚上十时三十一分日落。如今已过午夜，太阳早已下去了，但天空依然是亮的。我注意到，先一刻碧青的海水，不知什么时候开始，已转变为水银一般的有重量的颜色了。天色似乎也带了一些深沉的氛围。时间并未永驻，唯其似乎运转得极缓慢，赶不上我手表上时针移动的速度。

"我看，我要先回舱房去了。明天还得早起。"身旁的日本人说着，伸出厚实温暖的手，"晚安。我叫早川。"

"晚安。我再多留一会儿。"我漫应着，心里却在想，现在不已经是明天了吗？

现在是明天的清晨。只因为太阳已西坠，如钩的一弯月淡淡在中天，而天色不暗，冰山又在两侧岸边茫茫的白着，所以令人不辨是昼是夜。

我探首下望。海水似乎又从水银凝重的颜色微微转变呈玄墨，却仍然有波光隐约。波浪重复着拍打舷腹的单调律动，一次一次至无限次，令人眩晕。

这无数片玄墨有波光隐约的底层是什么呢？如果我再探首向前往下，会不会被那神秘的深沉吸收吞噬进去呢？

我看见自己坠落下去。一次又一次。

以一种疾速如落石般的重量。

以一种飘忽如羽毛般的轻盈。

以一种翩跹的舞样。

以一种朦胧的澄明。

我的背脊冰凉。我握着栏杆的双手因过度用力而僵硬。而我的双颊何以也是如此僵硬冰凉呢？

我仰首，唯见白夜茫茫无极无限。

我在陌生的阿拉斯加海中某处。

1992年10月

佛罗伦萨在下雨

车抵佛罗伦萨时，正下着雨。带一丝寒意的微雨，使整个佛罗伦萨的古老屋宇和曲折巷道都蒙上了一层幽暗与晦涩，叫人不禁兴起思古之幽情。

这种雨，不大可也不小，有些儿令人不知所措。若要打伞，未免显得造作而且不够潇洒；若收起了伞，不一会儿工夫头发和肩上都会被淋湿，只好竖起外套的衣领了。

从竖起的衣领侧头向右方看。那是阿诺河，河面上也是一片蒙蒙的景象，在那蒙蒙之中横亘着一座石桥，据说是二次大战时少数幸免于炮难的桥之一。如果时光可以倒流的话，那一座桥和桥旁的街道，或即是但丁伫立痴望那位无比荣美的贝亚特丽奇的遗迹吧。

就是这种历史的联想，文学艺术的联想，使人不得不格外小心谨慎地步行，岂单单是害怕雨水路滑而已。

佛罗伦萨狭窄的街道真的就在脚下了。此前只是从历史的记述和别人的诗文中想象的这个城市，而今如此灰暗却又鲜明地呈现在眼前。举目四望，净是繁密排列的古老房屋。当然，其中许多建筑物几度经历天灾兵祸的毁坏而又得以修复，不可能是16世纪的原来面貌了。可是洪水泛滥过雨露侵蚀过，毕竟整座城都透露着一种苍老的气息。

苍老，但是精致，这是佛罗伦萨的建筑物给人的印象。譬如说百花圣母玛利亚教堂四周无数的大理石像，以及不留一点空隙的精雕细琢的图纹，如何来形容才恰当呢？也许只能说"叹为观止"，但"叹为观止"四个字终嫌抽象，除非你亲自瞻仰过，这个抽象的形容词才始转化为具体的形象，牢牢保留在记忆里。谚云"海枯石烂"，石以其不易烂，所以喻坚固不变。但佛罗伦萨多雨，使大理石的精致建筑物转为黯淡，为此，每四年就得清洁修护全城的艺术殿堂。佛罗伦萨的祖先们借大理石展现了他们的天才光芒，佛罗伦萨的子孙们便有责任辛勤地维护，使那光芒永照人寰。

地灵人杰，大理石是这个国家的特产，也是这个都城的荣耀根源。提到大理石，如何能不联想到米开朗琪罗？他的大卫王像栩栩如生巍巍地站在那里。鬼斧神工的凿痕，使人望而屏息。炯炯的眼神自白色的大理石后逼视着远处的什么地方，结实有力的肌肉和手脚，甚至筋脉浮突似乎蕴含着生命。大卫王就是这个样子的，你相信。他果真是这个样子吗？其实是造像的艺术家告诉你，大卫王应该是这个模样。米开朗琪罗曾经对出钱请他雕像的人说过：肉体会腐烂，印象会模糊，千百年后谁知道像不像其人，世人宁信我的雕像是真实的。传说这位佛罗伦萨籍的艺术大师并不高大魁梧，他比人们心目中想象的矮得多，也丑得多。但矮和丑又有什么关系？正如他自己所说的，肉体形象都不可能永存，而今我们并不关怀他生前美丑的问题，只见一座座的大理石雕像屹立处处，尽管有的断了手缺了腿，甚至有些连头部也不知去向，但那也没有关系，因为米开朗琪罗已经在他的作品里不朽了。

佛罗伦萨其实是因为人杰而地灵。圣十字教堂可谓"佛罗伦萨的西敏寺"。这里面安息着许多位艺术大师和其他卓越的人物。前面是但丁的雕像，他瘦削的脸上有一只鹰钩鼻子，眼神忧伤而敏锐。虽然他的遗骸并不在此地，佛罗伦萨的人坚持要给这位伟大的诗人一席之地。至于米开朗琪罗，佛罗伦萨的人当然要让他安葬于此。他生前雕琢过无数的大理石像，死后其门徒也为他造了一个大理石像纪念，旁有三座女性石像，分别象征着其人一生的三大成就：建筑、雕刻与绘画。天文学家伽利略的墓像与这位艺术家遥遥相望，静立在大厅的对面，而伽利略注视的方向正是音乐家罗西尼石像的位置。其他哲人和政治家则又各据一隅。虔诚巡礼一番后，如同沐浴在人类的智慧余泽之中。

佛罗伦萨被称为文艺复兴摇篮之地，即因这个地方人文荟萃，人才辈出。然而天才倘无人赏识提携，生活不得保障，便无由安心创作，则才智亦恐难发挥。从这个观点上看，佛罗伦萨的美第奇家族委实功德无量。这个家族富贵、有权势，而又好艺术。许多佛罗伦萨当地及意大利其他地方的文人艺术家都受过他们的礼遇，如但丁、达·芬奇、米开朗琪罗和拉斐尔等人，都先后出入过其门庭。当时美第奇一族显赫无匹敌，但他们爱好文艺的传统，终于使人才集中，而这个城市也就成为全意大利最具艺术气息的重镇了。然而，天下的威势也没有永不衰竭的，传十三代后，美第奇家族终于没落，今天我们只能从其家族的私人教堂之辉煌遗迹凭吊想象一番而已。

美第奇家族的私人教堂在曲折狭隘的巷道内。路面凹凸不平，街道两旁净是古旧的民房，楼下的部分多数已改成商店或餐厅。若要访古，却得先走经过这些现代装饰的橱窗和招牌前。雨水淋湿了光可鉴人的大玻璃窗和门扉，与土灰色斑斑驳驳的墙，及湿漉漉苍老的石板路，构成有趣的对比。

古代的贵族自有其表现财富、显耀威势的具体办法。看那些由各种不同质地与彩色拼成的图案与家徽，威尼斯以嵌玻璃的手艺著称，而美第奇家的教堂却以大理石和花岗石取代了玻璃，其别出心裁、匠心独运即在这一层区别上。当然这个教堂里也少不了用大理石雕像点缀空间，褪色的壁画和顶画也包围了四周。在这里，艺术的创作已经和宗教的崇敬、权势的衬托融为一体；或许，这也正是艺术作品得以流传的一种安全保障。不过，究竟私人教堂格局小，过多的装饰反而减却肃穆的宗教气氛。这一点，恐怕是富贵的美第奇家族建堂时始料未及的吧？

步出这座小型教堂，暮色已乘细细的雨丝自四面八方围拢来。店铺的灯光都亮起，招牌的霓虹灯也闪耀着。游客的思古幽情未醒，街上行人却正匆匆赶路，路旁卖明信片和土产的摊贩也陆续在收拾东西准备回家。

"生为佛罗伦萨的人，你一定很骄傲吧？"我禁不住这样问那位中年的导游。

"我当然是很高兴做一个佛罗伦萨的人啦。但是，说实在的，我可没有天天生活在感动之中。人总是要顾及现实的。"最后那句话，他压低了嗓门说。

这时，有钟声传来。发自远方近方、大大小小各寺院钟楼的钟声齐响。每一个行人都习惯地看一看自己的手表。

"请对时吧。这是五点半的钟声。"导游附带加了一句说明。

1979 年 12 月

路易湖以南

从路易湖（Lake Louis）南行。

途中，左眺或右望，净是连亘的山脉，东睇或西览，无非绵延的林木。

这北纬五十多度、西经百二十几度的地方，比东北更北，夹着国际换日线，合当与台北遥遥对称着。

东北，未尝经验；台北，当然熟悉；而这里则是初次造访，不免有些新奇与犹豫的心情。

车速应该是相当快捷的，以一百公里的时速前行，但路面平坦，视野辽阔，遂令奔驰有如徐行，保持着适宜观赏的速度。

于适合观赏的速度下，左右的山脉南北无垠地连亘着。沉郁顿挫，风骨嶙峋。那称为加拿大落基山脉的群山牵连相拥重叠于我顾盼间者，其实只是起自阿拉斯加，向南奔走到墨西哥的一小段而已。

山顶犹见积雪皑皑，乃因为时值盛夏。大部分的雪已经化作瀑布飞泉，融入河川沼泽内，唯不胜寒之高处，仍介立地坚持着最后的终年不化之白；而白，倒也未必坚持于最高处，时则峰顶褪去了皑皑，裸露荦确的崖石，几撮亮白兀自于其下以皴笔的姿态停留着。

确实是皴笔的表情。即使整体而观，若想画这样苍劲雄伟的山势，怪石参天，岚气在阴崖，水彩或油画终嫌不够贴切，须是那种大片枯笔横扫，复以留白之神妙，方才妥善。

其实，山脉也并非全然是断崖怪石。山麓甚至半山腰处便渐渐有林木丛生。多数是寒带的杉树。挺立如数不尽的侍卫，虽在暑天骄阳下，枝叶纷披，竟然犹带几分圣诞节氛围地苍青着。

便是这种苍青自山腰迤逦至山麓甚至平地道旁，使得嶙峋的山添增几许鲜活，而不至于一径的枯槁。若换作冬季来此，白雪覆盖万物，当又是另一番景象吧。

有一只北美洲的黑鹰，在远山与车窗之间，展翅盘旋。翅膀像是尽情展开的手臂和指尖，放松，全然的放松，但是坚挺而恒毅。它自车后超越我们，稳定如箭地上升向远方，复又悠悠地作一百八十度回转，然后消失在我车窗的视界外。

也许是在觅索食物罢？作为一只禽鸟，当自亦有其辛苦。

而在我追索老鹰踪影失落的方向，却与一座奇特的巅峰相遇了。于众山峥嵘的远方，更有一峰突起。形如着一顶葛巾的侧首，虽然眉目鼻梁等五官模糊，但那桀骜又落寞的神情，分明非太白莫属，独憔悴的斯人，难道身后竟也寂寞地攀登此难于上青天的另一个蜀道吗？

从路易湖南下，实则沿途所见，在我内心隐晦处相遇的，竟都是古老中国的记忆。譬如先前那一排屏障似的山岩高耸，有云雾霭霭，仿佛仙人排列如麻的天姥幽境，吹拂过千岩万壑与林梢枝叶传入耳里的风声，遂亦有了铮铮钪钪的妙响了。

峰回路转，而路转峰变。前一刻看到的奇峰并峙，有如巨大的左手竖起大拇指，待车行稍远路转弯之后，从另一角度望去，发现竟然是前后数峰重叠的效果；侧面观去，打散了各指，便全然不是那回事了。

而南离路易湖的途上，也包括了这类对原先自以为是的一些失望。

继续向南。逐渐看到夹于林木间的河水汩汩而出。这流水其实一直在流着，从湖泊溢出；不，从雪山泄下。在陡峭的地势，先呈急奔的飞瀑，流到平地仍喘喝不已，颜色却是乳白的，蜿蜒数里甚至数十里之后，终于惊魂甫定，成为汩汩的蓝绿色。这蓝绿的色泽，无以名状，比绿更蓝，较蓝为绿。有人称为祖母绿（emerald green），却少一分珠光宝气，多一层纯净晶莹，是大自然奥妙的原始色彩，终非调色板上所能寻觅的。

昨夜投宿路易湖畔。从旅邸客窗望出去的路易湖，便是拥有这种纯净晶莹而且清澈的蓝绿颜色。窗对着湖，湖的三面被群山环抱着；近山稍低，有杉木丛生于更低处，远山则较高而山势险峻，连嶂巘崿之上，千万年不化之积雪，已累纯白为湛蓝。湖水旦夕有山岩林壑的倒影，虽则山中崖倾难以留光，但明镜似的湖面，总如实地映现昏晨的嫣红日影，或远近变化多端的山色。

告别路易湖驱车南下，一路时隐时现的这条河，也不知是踢马川（Kick Horse River）还是弓河（Bow River）？一时无法查知。其形宛宛，有如弓背，似宜取弓河为名；至于处处有石横水分流，湍急如奔驰，则恰似踢马狂走之势。但贯穿班夫城（Banff）的流水，倒是不容置疑的弓河了。

车行到近班夫城前，河水又转变为泱泱的湖泊。湖水澄明之中，有巨大山脉的倒影。那名为峦多（Mr. Rundle）的大山，确实峰峦特多，一峰挨着一峦，层层叠叠，由北向南。不知从何处开始，以波涛汹涌之势高潮迭起，蜿蜒伸张，至此而忽焉断落，如乐曲末章突然以响锣终止，令人错愕不防！而整排山脉，由北南走，渐渐扭转向东，山脉上的众多峰峦亦随之生鲜有活力，如巨龙之脊椎，起伏有致。是的，这正是一条巨龙卧伏。至于那首部忽然不见，必是藏匿于湖底——"虬以深潜而保真"。我终于印证悟得了

120

古典的精髓。

　　加拿大落基山脉，我专注地陪她走过一小程，谨此赠与一外号：加拿大龙脊山。

　　　　　　　　　　　　　　1995 年 8 月

步过天城隧道

六月初的伊豆半岛，阳光明丽，拂面的东风正宜人。大概是闰月的关系，今年的梅雨，到处都延期了。菖蒲花开得稍迟。修善寺公园中，大片大片苍翠的剑形叶如波似浪，以紫色为基调的相近各色菖蒲花点缀其间，仿佛波涛溅起的浪花一般。不是周末假日，游客自然稀少，正宜赏花赏岭赏天色。天色兀自的蓝，难免有几朵白云飘浮。岭峦起伏的线条，十分柔和。山麓还有绣球花含蓄地渐次绽开。

离开色彩缤纷的修善寺，搭乘开往半岛南端"下田"的巴士。这一条路线，别名"踊子路线"；甚至今晨九时自东京车站开来修善寺的特别快车路线，亦称为"踊子特急"。这未免太过分了些，恐怕是川端康成写《伊豆的踊子》时始料不及之事。不过，伊豆半岛的居民却沾沾自喜，以此为傲。

不是周末假日，巴士的乘客虽然沿途有人上下，始终只维持着十来人的样子。多半是家庭主妇，朴素的外表，与东京的妇女大异其趣，有的人腋下挽个篮子，大概是要进城购物的吧？偶尔有些上了年纪的男人登车，斑白的须发，憨厚的表情，则令人无由猜度何所为而来了。看来平日这条路线是没有什么"踊子"的浪漫气息的。乘客虽不多，穿着制服、戴着帽子和白手套的司机却肃穆谨慎地开车，就像他是在执行一项十分隆重的任务，譬如驾驶客满的波音747似的。车子一直保持三十公里的时速,在急转弯处,甚至更要缓缓减低速度。

大部分的时间,车子沿着左侧的山崖行驶,景观是在右方。这乡间的公共汽车虽然有些老旧,车内倒是十分清洁,座位也相当舒适,质朴的气氛,反而令人感觉安详自在。路是平坦的,但车子盘桓蜿蜒而上,不免有崎岖所带来的韵律。我时而松弛地倒靠椅背,一任全身随车摇晃,时而凭窗眺望,饱览景色,有一种愉悦中羼杂着落寞的奇异感觉。

窗外,初夏正以满山满谷的新绿展呈。山外还是山,连嶂叠嶂,又山山皆被树,致有林回岩密的奇观。车速不急不缓,适合从容浏览。我试图一一辨认触目所及的草树,可惜我不是植物学家,多数眼睛所熟悉的,竟无论俗称学名都无法道出。尽管叫不出它们的学名俗称,所有深深浅浅的绿色都欣然充满生机,在六月的阳光下油油地绵延至无垠无际。

其中有一种树,我倒是认得的。直挺挺密密排列近处和远处山峦的是杉木。树干齐高,枝叶都伸展在上方。数不尽的杉木构成的林海,触目皆是。带着庄严高贵,气质兀傲而挺立的杉木,怎么形容才好?恐怕只合用道德风骨一类的词藻才行。幸而我不是植物学家,不必思考其界门纲目科属种的细节,可以一任自由抽象的联想。

  道路变成迂回曲折,接近天城山之际,雨脚染白着杉树的密林,以猛烈的速度自山麓追我上来。

我想到《伊豆的踊子》开头的名句。川端康成的文章,妙在语言气氛,我这样翻译,未必能把握其佳妙于一二。但语言本是糟粕,而得意忘言不易,所以文学也只好勉强以文字记录经验,然则推敲也是无益徒然之事！

这里正是接近天城山的途中。公车司机的左上方亮起站名的指示灯：下一站是"水生地下"。水生地下？不知该如何读法？日本的地名，连他们本国的外乡人都读不出来，更何况外国人呢。"水生地下"，我用中国音在心中默读一遍，并且望文生义胡思乱想，颇觉得有趣味。水生地下，从常识上判断，应当比较合理，至于"黄河之水天上来"，只有异想天开的诗仙才说得出，但千年来李太白竟也强迫大家相信他的醉言醉词，是则文学之力又不容轻视的了。不管水生地下还是自天上来，不如下车走走看吧，我忽萌奇念。何况下一站便是"天城"。在此我不得不袭用当地原名，不便妄改为"天城山"了，虽然我曾经观赏过松本清张《天城山夜》推理小说改拍摄的影片《天城山奇案》。

"峠"这个字，是日本人创出的"汉字"，所以在我国字典中无法寻得此字。日本字典中特别注明这是一个"国字"。原系由"手向"（旅人合掌祭道神之义）之音转化而来，若以我国的六书而言，应属于转注，但其义为山之最高处，为上坡与下坡之分界，则又似属会意。唉，我这样费神思考也是徒然，反正天城峠已在足下，而我正一步一步走向那隧道。

天城隧道在前方可望见处，却颇有一段距离。

重叠的山峦依旧绵亘起伏着，原始林木与深峻的谷壑也应是昔日风貌，但现在不是红叶的秋天，而是阳光明丽的初夏。那二十岁的高中青年，心中有迫切的期待，但我是浮生偷闲的旅客，既无期待亦无牵挂，所以不必赶路，尽可以闲闲步行。

有鸟声此起彼落，以高低莫辨其情意的音调鸣啼。也有野花小小浮泛在路边的草丛间，或黄或白，都是平凡的淡色。至于风铃草在微风中摇曳，就不知是在互相传递着什么秘密了。草和花也像禽鸟一样，该有它们各自的语言表情吧？

多么明丽的阳光！在疲惫的人事琐务之余，我闲步的心情也一如六月的初阳。东看看，西望望，均衡地呼吸着新鲜的空气，不知不觉间已走近隧道口了。可是，探望幽暗的隧道内，不禁有些犹豫踌躇，举步维艰。一时兴起而下了车，却不知这隧道究竟有多长？途中会有什么情况吗？

犹豫是难免的，但好奇与随之而起的勇气不可抑制，于是一步一步走入暗影里。其实，洞内并非真正黑暗，每隔一段距离便装置着昏黄的灯，而且偶尔也会有货车或什么车隆隆驶过，车灯照射出强烈的亮光，所以并不十分可怕。我小心沿着边上的窄道行走一程，忽又兴好奇的念头，遂又退回始点，重新起步，心中默算着步数。约莫走了四百步，洞口已被抛在远处。方才耀眼的阳光变得有些暧昧，分不清是色还是光；又继续走百余步，一回头，洞口竟已不见，许是转了弯的缘故吧。

那戴着有高中徽帜的帽子，身穿和式衣裤的青年，因为追踪无意间在修善寺的桥边遇见的少女，抑制着忐忑初恋的心跳赶路。好不容易在路旁的小茶店与避雨的艺团一行人三度相遇，却又不敢言语。待雨歇人去后，方始伪装若无其事地问店东老婆婆："那些艺人，今晚会在哪儿投宿呢？""那种人！谁知道住哪儿呀！客官，还不是哪儿有客人住哪儿。她们才不会去想今晚住哪儿哩！"老妇轻蔑的口吻，竟无端地煽动了青年的恋情：那么，今晚就让她住我的房间吧。

二十岁的年轻肉体，怕会因为这稚嫩的绮念而通身发热吧？我仿佛听见流浪的艺人们平凡的交谈在隧道内回响。那领班的男子，穿着印有长冈温泉旅馆标志的外衣，走在前头带路。后面跟着一个中年妇人和两个年轻女子，其中乌发丰饶，背着小鼓的，便是青年暗恋的少女。或许，在如此幽暗的隧道里，也还分辨得出她低首碎步时露出的白皙后颈吧。青年甚至还在公共浴池的温泉氤氲中瞥见她骨肉均匀若桐树一般的肢体，那副健康无邪的裸身，反而令人感觉澄清如水的纯洁。当然，欲望也不会全然没有，比方说，在他独处旅邸一室，聆听稍远处筵席的笑语喧嚣时，想象如长了翅膀乱飞；尤其当舞女的鼓音停止时，更令他有欲狂的嫉愤……然而，一切都成为过去，似乎发生过什么，又似乎什么也没有发生过。与少女分别后，在驶出伊豆半岛南端的汽船中，青年自觉已变得纯美空虚，任泪水尽情流下双颊，暗享不残留一物似的甘美的快感。

　　隧道里有前后可辨与不可辨之间的微光，没有车辆驶过时，周遭寂静若死亡。我仍然专心地数着自己迈出去的脚步，仅留一部分的余地分心幻想。时时有水点从黑暗不知处滴落。丁冬、丁冬……有时落入发中，有时滴湿衫袖，于阴凉之外更添增一丝寒意。这水恐怕还是来自较高的地下才对。

　　　　另一个戴着白色制服帽子的少年，也曾在这条隧道走过。究竟是走在现实的世界，或是虚构的世界，那就无由得知了。他厌恶与叔父偷情的寡母，决心离家出走。一双穿旧了的草鞋在脚下，一步一步走过荒草被径的山路，从白昼走到昏暗。他自称没有像川端康成那么罗曼蒂克的遭遇，却也真的遇见独行的游女。"喂，阿哥，您一个人走呐？"她的声音和容貌一样的成熟妖娆，一双裸露的细致的脚踝拉着木屐，看得少年面红心跳言语支吾……然后，有个魁岸的男人背影映现在隧道的那一头。游女忽然说有事要办，打发少年先走。

松本清张笔下的少年比《伊豆的舞子》中那个"我"更年少，大约是十五六岁光景吧。走在游女的身旁，几乎与梳着高髻的女子一般高，是肌肉骨骼犹待发育的年龄，但已然具有初解风情的面容。惊艳与怅惘的矛盾，在他憨直的脸上忽沉忽浮。我体会到他在洞口突遭抛弃的失望，否则怎么会藏身草丛中窥觑游女与痴汉的放浪交欢呢？眼前痴汉的贪淫和游女的呻吟，与叔父寡母幽会的记忆重叠的刺激，遂使一股愤怒取代了羞涩。少年瘦弱的身体顿觉膨胀庞大起来，必要将那可恶的痴汉置于死地而后已，便举起足边的山石击向硕大的身影，一击、再击、三击……直到鲜血染红砂石、草树，终于滴入山涧汩汩流逝。

我感觉一阵寒气侵身，害怕嗅闻血腥气味。风自后方吹来，袖袂啪啪作响，发丝乱拂额前颊边。我用手指撩整头发，停顿步伐，决心不要再分心。洞口已在望，前面有阳光闪耀。一一八三、一一八四、一一八五……继续专注地数最后一段路程。终于徒步走完这一段长长的隧道：总计约一千二百步。

走出黑暗的洞口，重新站到太阳光下，虽然一时无法适应强烈的光线，但是，那种阳光照射在身上的感觉真正好极了！

我慢慢抬眼看洞口上方古铜的字迹，明明白白写着"新天城隧道"。这未免叫人颓丧。相对于"新"，应当有"旧"，然则，一甲子之前川端康成走过的，恐怕是另一条旧的天城隧道了？恐怕二十多年前松本清张笔下那少年走过的，也不会是方才那条长共一千二百步的新隧道吧。如是，则我前一刻忽喜忽忧，亦惊亦惧的种种感慨，岂不都是庸人自扰的白日梦吗？

其实，也无须计较一切虚实真假，我一步一步数了一千二百步通过幽暗的新天城隧道，是确确实实的经验。

127

苏东坡在彭城夜宿燕子楼，不是也写过："燕子楼空，佳人何在？空锁楼中燕。古今如梦，何曾梦觉？但有旧欢新愁。异时对，黄楼夜景，为余浩叹！"关盼盼与燕子楼的往昔人间诸事，又有谁知其真相如何？诗人借此灵感泉涌，遂填成传颂后世的好词。坡老的豪语，岂敢辄仿，但我也了悟古今如梦的道理。人人都不免于走过长长的隧道，所有旧欢新愁的种种，也必然一一通过隧道，复又一一消失其间。

到下一个站牌"锅失"（我已不再计较地名称呼的由来与读法了），恐怕尚有一段阳光下的公路待步行。我的脚因长途跋履，肿胀痛楚，不堪皮鞋束缚，便索性将鞋子脱掉，左右各提一只。这样轻快的心境，前所未有。反正这里不会有什么人像我这般好奇，即使遇着什么人，也不可能认识我是谁，奔放一下又何妨？

公路上，难免有些砂石扎脚。我发现顺着路边画出的白漆线走下去，路又直又光滑，赤足步行其上，真是美妙极了。

1985 年 7 月

窗　外

1991年普林斯顿建筑出版社刊印的《海边——建构美国城镇》（*Seaside-Making a Town in America*）一书，序文中提及窗之功用，大别为两类：其一为凝视之用。譬如你到佛罗里达旅行，选一个有面海落地窗的旅邸暂住，透过广阔视野，你凝视海景，心中预期着心旷神怡的景象，以忘却日常营营烦扰。其二为瞥视之用。譬如一个家庭主妇，站立厨房操作，窗无须过大，足够光线射进，当其洗盘持瓢之际，时则看见丈夫下班归来，时则看见孩子嬉戏后院，又时或隔墙瞥见邻居熟人往来于巷道，那景象是跳动不可预期的，寻常而温馨的。

然而，旅居布拉格两月，觉得该文撰者似乎遗漏了窗的另一功用；或者从另外一个角度而言，窗也可以既是凝视观览之用，亦为暂瞥生活之用。

布拉格的众窗，自其外貌言之，千奇百怪，配合着形形色色不同时代、不同流派的建筑而呈现繁简互异的样态。有浮雕雄伟者、有彩绘斑斓者，亦有架框嶙峋者，不一而足，令人目不暇接。唯自窗内望出，若是处身于环绕着老城广场（Starměsts kě náměsti）的某一定点，自不免预期欣赏到著名的提恩圣母教堂、旧议会堂与其天文钟、圣米格拉须教堂，以及其他鳞次栉比高潮迭起的一幢幢建筑物，但是，换一个处所，来到后街窄巷的民房，则映入眼底者，除远处近处的尖塔圆顶外，又可见高高低低的红瓦屋宇，而对面窗帘掀开时，乍见人影，后窗不远处的晾晒衣物随风飘动，则又于不可预期的一瞥之间饶富庶民风味。

查理大学东亚系为我租赁的客舍在汀西卡（Týnskā）道十号内一幢楼房的四层楼，正当老城广场东北隅提恩圣母教堂背后的巷道里。称作四楼，其实乃是三楼之上的阁楼，在附近住宅之中，倒是居较高的位置。

房屋三面有窗。

卧室两窗皆向南。从靠书桌的窗望出去，提恩圣母教堂著名的双尖塔正占据着视界的大部分，下方近处则是院落对面的二三红瓦屋顶。一般摄影或绘画写生的人，总是取此圣母教堂的正面为题材，但我的住处在其背面，故而由此窗望出，所见到的是平常不容易见到的塔尖背影。不过，哥德式建筑的提恩教堂尖塔，其实由正面观看或背面观看都一样。那黝黑的塔顶上四面又附载着双层的小尖塔，因而主塔四周共有八个小尖塔。每个小尖塔均呈六角形，且各角开一洞户。主塔与附着之小塔上方皆升一细柱，柱上各有一金球，天晴时闪闪发光。由于透视效果，并立的双塔，在我的视野里并不等高，东边的塔尖较西边的塔尖高出许多。我所能看见的提恩教堂，仅止于双塔的部分，黑色的塔顶之下，是土黄色的砖砌塔楼，但15世纪建成的教堂，经历了数百年的时间，砖块已斑驳老旧发黑，仍然坚毅有力地支持着华丽庄严的尖顶。

第一次瞥见窗外双塔，是在晚春黄昏。暮霭中，只有黝暗尖耸的印象。其后客居闲暇时，再三凝睇，始注意到有限的视野中竟有繁复无比的结构，而提笔描绘之际，遂进而感知其肃穆的外表，其实系由完整的均衡与艺术之美所构成。往日读《洛阳伽蓝记》，于理论虽能够了解杨炫之在记述北魏永宁寺九级浮屠时耗费笔墨的道理，如今临窗凝视提恩圣母教堂的顶部，古人用心之必要才与自己深切之体验吻合而真正掌握其文理了。

提恩双塔的下端，是被隔院对面的红瓦屋顶挡住。那种整整齐齐一丝不苟甚至略带严肃的砖瓦排列，有些像捷克人的性格。在红瓦下的黄墙三层楼房内，不知住着几户人家？每个窗户都是双层，为着防寒之用，乃有此设施。初到时虽是暮春，犹有几分料峭寒意，各窗都紧闭着。其后，暖意加速来到，窗也逐一向内打开。有时走过窗前，无意间瞥见对面窗户内白色的纱帘在微风中飘举着，帘内人影晃动，温馨的感觉中似又掺和了些许神秘的氛围。

一个没有课的下午，读罢书不觉慵懒地小睡，醒来想沏一壶茶，走到客厅兼厨房的一端，从我自己略启的一窗，竟然撞见斜对面三楼末端的窗内有男女拥抱。两个人的头部和颜面都被窗棂的上方遮着。只见男人的背后上半身，他穿着有背带的裤子。女的一只手臂环拥着他的腰背之间，那仿佛苗条的身段裹在深色的衣裳里。我不是爱窥伺他人隐私的人，忽焉的这一瞥令我睡意全消，遂急速离开窗口到炉前烧水，觉得心头有些波浪不平。

客厅的这个窗，和卧室那看得见提恩教堂塔顶的窗在同一方向。事实上，窗虽不同，窗外景物却是相连的。好比屏风各折，其上所绘景象却连接一体；又好比宽银幕的两端，卧室的窗外见到的是提恩尖塔及其下靠西的景物，客厅的窗所见则是塔及其偏东部分。至于层层叠叠的红瓦黄墙屋宇，是布拉格民屋的一大特色。自古以来，布拉格地狭人稠，广场保留给堂皇的教堂寺院和议厅衙门，但广场背后稍稍转折处，便是商家民宅所在。而巷道窄窄，数米左右的石板路两侧，楼宇与楼宇对峙，因此底楼门门相向，其上窗窗互见，更上则不免于红瓦连绵各显高低了。

课堂上讲授谢朓诗："灞涘望长安，河阳视京县。白日丽飞甍，参差皆可见。"于典故诠释后，取两张新近购得的布拉格明信片，令学生传观，众人立即领略其趣。有时图片视觉比文字叙写更直截了当。生活于布拉格的人当然能体会"白日丽飞甍，参差皆可见"，而客寓布拉格，参差丽甍便在我俯瞰的眼前窗外。不是明信片，是活生生的景象。

黑色的提恩尖塔是可以预期的景象。大小塔顶的金球在白日里光耀夺目；晚间则洞户之内灯光四射，照亮夜空，耸立的各塔浮突玲珑有如童话世界。失眠的夜晚，掀开帘帷，见上弦月淡淡贴近众塔一端，似梦如幻，陡添乡愁。其实添增乡愁的，未限于视觉的淡月塔影，每隔一刻钟准时响起的清越钟声，也声声催唤焦虑与愁思。"夜半钟声到客'床'"，张继的《枫桥夜泊》，易一字即是此情此景。

提恩黑塔是预期凝睇的视野。然而其下参差拥挤的红瓦，却是完全不可预期属于瞥见的视野，譬如那个下午被我撞见的男女拥抱。那个拥抱是夫妻恩爱吗？或许竟是情侣偷情？但无论偷情或恩爱，都是现实生活。欢愁爱恶，众红瓦屋顶之下，正宜有血有肉的生活百态进行着。由于是有血有肉的生活百态，所以跳动难以逆料。不仅影像视野难以逆料，音声闻传亦复如此。

逐渐习惯了汀西卡道十号的客寓生活后，气候已更形温热起来。我把床头左右的两窗略微开启睡下。早晨醒时，自两道隙缝传来妇人的高声交谈。喋喋不休地饶舌，在我盥洗完毕回到镜台前梳发时仍未休止。缺乏抑扬顿挫的捷克语，我一个字也没听懂，传入耳中只觉得单调乏味。缓缓梳理着发丝时，才想到今天早晨竟然没有被钟声敲醒，也不是被鸟鸣催起，大概真的是逐渐习惯布拉格的生活了。

另一个下午，客厅面东的窗传来男童与女童的喧哗。声音稚嫩而急切，始则嬉谑，继而变吵闹，终为母亲的大声叱责所遏止。我从窗口探身俯视，发现下面是一个稍小的中庭。住屋围绕，有三面三层楼房的窗开向那个中庭。并未看见那喧哗的兄妹和母亲。大概是兄妹和母亲吧？他们的嬉谑、吵闹与叱责，我也完全听不懂，但我明白开向中庭的众窗内都有人在生活着；种族、语言虽有别，生活的内容大抵类似。

而这一面窗所对，净是高低叠拥的红屋顶，最具庶民趣味，于其右上角处则又有一小部分某寺院的塔顶竦现。那个圆塔究竟属于哪一个教堂？以我寄寓两个月资浅的住民而言，要分辨布拉格"南朝四百八十寺"的面貌，是颇为困难的。

大概居住在布拉格的老城，甚至越过查理桥的渥太河对岸住家，要从窗口望出去而捕获完全属于"凝视"的风景，或完全属于"瞥见"的景象，都是不可能的，因为中古时期以来，这个城市不断在不同王朝、不同宗教经营之下建构皇宫、衙门和寺院，等等，而老百姓则无论改朝换代、宗教流别，千百年来持续生活着。士、农、工、商、悲、欢、哀、乐。这大概是布拉格其所以呈现如此奇特风貌的道理吧。

来自世界各地的观光客，在广场上举首仰瞻各式建筑物，印证着手中所持种种册页的说明；或者漫步于两侧有三十尊巨型石雕的查理桥，遥望巍峨的皇宫而不由得发出礼赞惊叹。久居于此城市，一不小心抬眼就看到古迹名胜的男女老少，则与其他城市的住民一样，忙着日日营生，上班下班、上课下课、勤练管弦、补墙修路、扫地煮食，或嬉笑比划、恩爱偷情……并不因感动而稍停作息。他们与查理四世、莫扎特、卡夫卡，都是布拉格的过客。

不过，布拉格的住民生活在这样奇特环境的窗内，日日营生之际倒是有稍加谨慎的必要，否则一不小心隐秘的偷情可能就被一双游移的闲眼撞见。

客寓的北侧是一小间狭长的浴室。向北的墙稍高处有一小窗。窗虽小，却也揽入远近可以凝视与惊瞥的景物。远处是一高一低不知名的两个教堂塔顶。高一点的颜色较深，低一点的颜色较淡，造型也各有不同。近处则是纵横交叠的许多红屋顶。大概是后窗对着后窗的缘故，更加有生活化的趣味。看得见晴天晾出的衣物，一阵风起雷响转为大雨后，不知是主妇外出还是忘了收拾，竹竿上的袖端裤脚任其风雨中飘摇不已。

一日傍晚，准备淋浴，忽然抬头，看见不知什么时候搭起的鹰架在左方邻屋边，有两个工人在破旧的屋顶上巡视。接下来的一个星期近十天工夫，总是有工人在屋顶上蹲着工作。据说东欧解体后，捷克国家社会与人民生活都还相当衰疲。其后，布拉格等城市获得联合国文教基金会定为"人类文化遗迹"，编列预算补助修护，而德、日等先进国亦有资金援助，近年来才逐渐将灰暗残缺的建筑物整修得焕然一新。至于民间屋主，也在多年的休养生息后，储蓄备款，开始换瓦补墙，所以到处可见水泥工与油漆匠。一个国家能发展到藏富于民是好现象。不过，没有帘帷的浴室之窗，却令我感到十分不方便。躲躲藏藏沐浴一段时日后，终于有一天黄昏发现鹰架已被拆卸，工人消失，而屋顶红灿灿。我也恢复了松弛精神的自由，享受沐浴之乐，而且对着窗外一片红灿灿的布拉格屋顶。

辑四

幻化人生

交　谈

　　我的朋友倒是依时而至，只是眉际眼神有些许慵懒。其实，我自己的眼神眉际恐怕也稍有犹豫吧，虽然我也一向不迟到。

　　朋友的车子是顶住旅馆的围栏停妥的，所以须得先行倒车。回头帮忙看车子平稳倒出时，见到云雾一般的白烟自排气管冒出来。天空也是云雾低垂，而且间断地飘些细雨，分不清是雨是雾，或许只是较浓的雾吧。

　　这样阴暗寒冷的日子，要去哪里看风景才好？这原是应该由朋友烦恼的事情，我却不由得暗自操心起来。

　　"带你去看一处滨海的公园吧。"不知是临时泛起的念头，还是早已经决定的。这个建议倒是令我感到欣慰。

　　车子在灰暗的白昼驶向郊外。

　　我们漫谈着别后种种，交换一些共同认识的及不认识的人的消息。话题时断时续。交谈间，我看见路边的枯白树干飞速向后退隐，许是因为路平车辆少，速度不觉加快的关系。我忽然也注意到朋友发间增添的一些霜白的颜色。是深秋了，我在心中用另一种轻微的声音对自己说，并没有影响到车内两个人的对话。

　　交谈始终在进行着，却不顶热烈，我们好似被阴沉的外景所影响，又仿佛彼此感染到对方的情绪，我变得有些慵懒，我的朋友变得有些许犹豫。交谈遂慵懒而犹豫地进行着。

137

车子减速后，稍稍转了一个弯，便在一片没有草的泥地停稳。

"就是这里。不来看看吗？"

朋友径自下车，关好车门，迟疑了一下，又开门取出一把伞，绕过来接我。其实，这种雨点，不打伞也没有关系，倒是还管挡风之用。

风相当强，我不觉得竖起外套的衣领，连风衣的大领子也一起拉了起来，发丝则任风吹拂。乱发有时飘到颈后，偶尔则覆掩半边的脸孔。那风是从稍远的港湾吹来的，来自灰蒙蒙的天水那方，夹带了盐味和鱼腥味。我觉得很久没有闻到这种海风的味道了。

我的朋友要我看的，是一座被废弃的工厂改建的儿童游乐场。在海风中沉默地陈列着的涂上了鲜明油漆的老旧机器，似乎更适宜摆到现代艺术馆里。天气如此寒冷，没有一个儿童来玩耍，甚至连看守的成年人都不见。

若其炎暑之时，天空与海水都湛蓝，孩童们嬉戏欢呼，家长们坐着休息闲谈，那光景应该是热闹光亮多彩的吧。

"这里是旺季时卖饮料和吃食的地方。"朋友指示一处湿淋淋的木椅和空荡荡的柜台。"哦，是吗。"我漫应着。朋友真是一位不高明的向导，我则是一个不起劲的游客。我们小心地在泥泞上走，提防着会摔跤。

走了一圈回来，感受到彻骨寒风。我们看到游乐场的大部分，也看到波涛相当高的潮水和乌云低覆的天空；远处还有一些停泊的帆船，海鸟三数只，有时贴近水面低飞，大概是吃力地在觅食。

"就是这样子啦。"朋友的笑里带着一些歉意："夏天的时候，会好看得多。"我不知该如何回答，其实是我挑错季节来的，便也索性无言微笑。

车内尚有暖气余温，令人觉得舒畅许多。

"现在，带你去喝杯酒吧？"朋友侧过头来征求我的意见。我点点头。眼前亮起一堆熊熊燃烧的炉火。这样阴冷的天，合当是乐天问刘十九"能饮一杯无"的背景。

酒吧内的客人不多不少，正是酝酿喝酒的氛围，大概是一个会员制的小型酒吧。我的朋友显然是这里的常客，正和每个人招呼着、寒暄着。

靠窗的位置，较为明亮，酒柜前的一排长凳子也挺不错，可是壁炉前的沙发，看来更安适的样子，而且，果然有一个好看的壁炉，木柴熊熊地燃烧着。

"想坐在这沙发上吗？"正合我意。遂隔着一方小几，分坐在两张软硬适度的绒布沙发椅中。

侍者端来两杯不同的酒，使我们各取所需。

"欢迎你来。""谢谢你陪我。"

炉火映红朋友的面庞，杯中的液体也漾晃晶莹。我的双颊已可感到室内的温热。

"除旅行之外，近来还做些什么呢？"换了一个地方之后，要重新寻找话题是有些尴尬的。近来做些什么呢？除了这趟旅行之外，我的生活其实一直相当单调。

"读些书，写一些文章。出来之前，刚刚完成了一篇论文。"遂将那篇论文的心得约略说明了一下。

朋友边饮酒，静静聆听着。等我的话告一段落时说："我们这种人，"稍微停顿，似乎在思索用词妥否，"有一种人就是这样，一定要不停地驱策自己。日子为什么一定要这样过呢？吃喝玩乐不好吗？偏就是要给自己找一个很麻烦的事情，要求冲刺。"说话的时候，摇动着手中的玻璃杯子，又前倾换一个姿势。

"其实，在旅途中，我已开始了一个新的写作计划。是古典作品的翻译。大约需要一年的时间，也许两年……"我竟然不自觉地说溜了嘴，把刚刚开始的工作提前宣布出来。有些后悔。唉，有些话说了会后悔，但是，不说也可能更后悔。

我的朋友凝视着壁炉里熊熊火中的一点，仿佛那一点熊熊之中有某种道理存在，脸色是那么严肃而坚毅。

"我为什么要做这个工作呢？"我的话不知有没有听进朋友的耳中，可是，我有一种非说完不可的愿望，"与其说是做给别人看，不如说是做给自己看。对，我想要给自己一点什么交代，或者也可以说是证明吧。"

我们喝着各人杯中不同的酒，一起凝视着时而劈啪作响的炉火。

我不知道自己算不算朋友所说的"我们这种人"。所能肯定的是，经过这一席壁炉前的交谈，先前的犹豫已消失，而从朋友说话的神情间感知，对方的慵懒也不复存在。这个变化，确实使我们更为接近了。

1986年3月

作　品

　　见到那个年轻男子专注用力地掘着屋前的一片土地。掘完了一条浅浅的地道，又继续掘另一条。专注用力，一言不发。汗水渐渐地从他宽广的额角沁出，沿着太阳穴，流到颊边和颈上，他用一只握成拳头的手急急挥去汗水，然后又沉默专心地做他的工作。阳光艳艳。沉默的青年在灰土中勤奋不懈地掘土，头发上蒙着一层黄白的尘埃，他的脸和白色的汗衫也逐渐变得污秽起来。他那么专注地俯身掘地，我原本就没有看清楚他的五官，此刻更无法在灰尘模糊中辨认他的耳目鼻嘴生得如何了。我这样站着观察他的一举一动，看得如此仔细，他却全然不予理会。我和他之间的距离仿佛很贴近，又仿佛颇遥远，那铲子掘到我脚边时，我整个人似乎是悬空起来，否则他如何能继续掘过去呢？我观察许久，不知道他何以如此专注努力，何以丝毫不肯松懈，便拍一拍他的肩膀说："休息一下吧，你。"触摸到满手掌的汗和灰。但他头也不抬地依旧做他的工作。"休息一下吧。"我又去摇撼他，而青年人丝毫没有反应，像机器一般地工作不已。或许是一个聋子吧，我想。难道竟是一个麻木无知觉的人吗？我开始疑惑起来。他终于掘成五条放射型的地道，正好由那间小屋的门前向五个方向伸展。他进屋子里，随即提了一大桶黑色的黏糊糊的东西。原来那是柏油。但为什么屋前需要铺五条放射线状的柏油马路呢？我更疑惑不解了，只是决心不再去自讨没趣地询问，而静静在一旁观察。年轻男子勤勤恳恳地用一把类似扫帚的东西，将那黑色的浓腻液体从桶中舀出一部分，再将其平铺在一条条呈放射线形的地面上。太阳炙热，汗水不断滴落在地上的柏油之中，他把汗水与柏油一齐铺整成路。多么累人啊！我在一旁观察得疲惫至极，而那青年仍一言不发、一丝不苟地重复相同的动作，铺好一条路，又去铺另一条。终于在太阳西沉之前完成了铺好五条柏油马路的工作。我跟随青年人进入小屋内。屋子里已然是漆黑的晚间氛围，他摸索了一阵子，划开火柴点燃一盏古老样式的油灯，火光闪烁之下，那油灯虽然老旧，却有铜色的光亮。屋子不大，而且简陋，中央放置一只残破的藤椅，藤椅之前架起一大片帆布似的东西。我从对面透过帆布，看见他把先前铺柏油的桶子放置在屋内一隅，然后走过去坐在藤椅上，凝视那布面良久。我的视线与他的视线可以在空中交会，然而他完全无视我的视线，只专注地望着那布面，目光肃穆、炯炯有神。我绕过布架，走到他的背后，才知道摆在他面前的是一幅未完成的画。蓝、灰、白，和少许浅黄浅红，在画面上构成无形无状的一片，仿佛是遂古之初，上下未形、冥昭瞢暗；又接近我某一次的梦境边缘，暧曃迷离、缥缈虚幻。忽地，青年从身边的调色板上捡起一把小刀子，将颜料拧挤在刀锋上，开始着彩于未完成的画面上。他的手挥动着，如舞者，如指挥交响乐，从背后看不见他的眼神，但肯定是专注的。画面上的色彩逐渐丰富起来，热烈起来，甚至拥挤起来。停止吧，停止吧。太多了，太多了。我很想从背后警告他，但我知道警告也徒然，青年已完全投入他的作画之中，一定不会听任何人的批评和劝告的。墙角冒出一个侏儒来。他的脸奇长，脑壳奇大，而且面色苍白，有如一只倒置的青瓷花瓶，铜铃般大的双眼，与不成比例的塌鼻子，薄薄的擅长嘲弄人的嘴，便是长在那倒置花瓶似的面孔上。那侏儒踩着在马戏班里表演似的摇摆脚步，跑到画架底下，夸张地捂住嘴嘲笑起来："啊唷，好可笑的画！""呀，什么东西么！""这里颜色太深啦。""那边比例不对。""修改这里。""修改那里。"侏儒甚至还用他那一双奇短无比的手臂指指点点，忘了自己的可笑，在那儿嘲笑画家，而画家一言不发，眼皮都不垂一下地依旧用心作画。我原本也颇有些意见的，却对侏儒的唠叨十分反感，所以变成倒过来护着画家。"去去去，走开走开走开！""不要吵，让人家画么。"我赶着捣蛋的侏儒，不许他靠近画架。"……""……"他还在指手画脚评论着什么，可是声音已经逐渐微弱，听不见了。我终于把侏儒追赶到另一边的墙角，便索性一不做二不休地把他赶入墙壁内，让黑暗吞噬了进去。侏儒和那叫嚷声都消失了，我才放心回头看青年画家，他仍然跟开始作画时一样地坐在藤椅中，大概什么都不会吸引他、影响他的吧。继续又画了一会儿工夫之后，青年才站起来，他的作画小刀掉落地上，他用双手吃力地支撑着身子，勉强从藤椅上起来，似乎由于殚精竭虑而变得苍老，他没有多留恋一眼，便离开了画布，一步一步蹒跚地走向侏儒消失的墙角，也消失于黑暗中，屋内只剩下黑暗和我。我坐在没有余温的冰冷的藤椅上，凝睇那幅画，觉得有几处笔触和刀痕太粗糙，便用指尖抹匀了一下，然后挑一支细笔，在左下方代签作画年代——一九九九。签完之后，我立刻懊悔起来，因为我突然才明白，原来那青年所做的一切都是在作品之中，他的掘地、铺柏油和作画，都是作品的过程。先前的我是多么愚骏啊！我坐在藤椅中，无限焦躁、无限懊悔、无限疲惫，但是都来不及了……

都来不及了。我便是在这种疲惫、懊悔、焦躁之中醒来，醒在子夜自己的床上。确知是梦以后，不免有庆幸不是现实的感觉，但又未能完全释然。仍然耿耿于怀的是，这一场梦何以如此清晰难忘，又何以这般荒诞却富于启示？我醒卧在现实的黑暗中，继续梦境的思索：其实，绘画、雕塑、音乐、文学或戏剧，单一的作品，都是总和成绩的部分过程而已；而即使没有绘画、雕塑、音乐、文学或戏剧等的作品，每个人的一生都是一个完整的作品，所以每一日每一时刻，都是作品的部分过程；然则，在历史的脉动中，每一个时代的每一种表现，又何尝不是那大作品的部分过程呢？

              1988 年 6 月

风之花

　　风之花，跹跹飞舞着，在寒意犹劲的晴日。

　　较羽毛更轻更小，似花瓣而又略略大的，如白花如白羽也似细致潇洒的雪，自湛蓝的天空轻轻缓缓地飘落下来。一片、两片、三片、五片……数不尽、满天周遭都是的风之花，未及着地便化为乌有，有些在枯枝间，有些在屋檐上就消失了，另有一些却消失在行人的发际或肩顶。"这样的雪，很难得遇到，叫作'风之花'。"我的朋友用戴着手套的掌心接着那似有若无瞬即消失的雪花说。

　　啊，风之花！我看到风之花飘落旋即融化在她刻意染过却又掩不住疏稀的头发上，在厚重大衣的毛织围巾之上，有一种感觉涌上心头，一时不辨是赞赏还是感伤。

　　在银阁寺道的一隅重逢后，我们就顺着这条京都东北区的人们称为"哲学之道"的小路漫步着。说重逢，其实是经由安排的。三个月前获知来此演讲，我就和她写信、打电话，彼此在繁忙的生活日程中，终于找到了这个留白的午后。"最想看哪里？天涯海角都乐意奉陪！"二十年过去了，外貌显然已不同于往昔，可她的热情似乎依然是旧时模样。最想看哪里呢？我问自己。哪里都想看。对于京都这个二十年前旅居过的地方，实在有一些些"情怯"。思念着、怀想着，时时梦萦着的地方，一旦来到，竟有一些怯怯的情绪。好比极想饱览，却不免先拿一样东西来挡着眼前，然后按捺抑制着兴奋冲动，一点一点将那遮挡的东西往下滑落，先看到一些，然后又看到一些，然后再看到更多，终于挡眼的东西全都滑落下去，双目豁然看到了全景。

还好，京都的生活步调依旧十分缓慢。二十年来，部分的地下铁道据说已完成，悠悠穿梭市区的有轨电车几乎都消失了，然而地面上的景象大致没有改变多少。没有改变多少吧？我想。可是，眼前的人是有一些改变。当时她自称"初老"，其实是颇有些自诩的。那种热情、浪漫与干练，确乎与实际年龄不甚相符。大概是爱情的神秘力量使她那样子精神焕发的吧？那是一种不为世俗道德所容的爱，隐秘的压抑的情欲，徒增相会时的欢乐与痛苦。她却沉溺于那种欢乐与痛苦之中，而仿佛漾荡着十分悲壮的情怀。"并不是为了对方的声望或地位，只因为相知相许的痛苦的爱情……"我忘不了她曾经告解似的倾诉，"我是他活下去和献身工作的力量源泉。倘若对方罹患了癣癞麻风，家人把他丢弃街边，社会不愿一顾，我愿满心喜悦地将他捡回来……"也忘不了她噙住热泪的表白。为什么要对我倾吐一切呢？我不过是一个相识未久的异国朋友而已。但人与人的交往固有缘分，恐怕当时也是出于某种带有距离的安全感使然吧。然而，我却因此无端分担了一份异国恋情的欢愁经验，也只能隐秘压抑地……

而我刚刚正是从她所称的"对方"那里暂访辞出。辞出时，得悉我将与她在银阁寺道见面，他佯装若无其事地叮咛："千万记得代我问候一声。"多么拙劣的佯装。我若无其事地颔首，表情大概同样拙劣不自然的吧。我频频回顾，心中隐然作痛。什么是声望与地位？我见到的只是一个佝偻弓背拄杖的老人。那老人在细格子木门边含笑目送我，直到我走完长巷转出大街，才将那苍老的身影遗落在视线之外。

说什么相知相许，说什么山盟海誓，世事总难逆料，而爱情大概也只是世事一象吧。二十年的时间里，容或有一些不变，毕竟还是难免有许多变化。我兀自眼角微微温润起来。寒风迎面吹拂，颇为凛冽。

选择了这一条"哲学之道"漫步，其实不是没有原因的。二十年前、五十年前，甚或更早的年代，这一条朴质的小路，因为地近大学和研究所，许多在职的，以及退休的文人学者，喜爱到此散步。清晨或黄昏，他们也许衣冠不整，有点不拘小节的样子吧？离开书桌，步出书斋，据说他们徜徉在这条有樱花和柳条的小路，呼吸着新鲜的空气，舒散读书思考的紧张，也许寻觅思维诗趣的灵感，还是更有其他个人的隐秘的心事吗？无数的足迹履痕踏印过，旋即遗失在无涯的时光中，遂令小路渐渐赢得"哲学之道"的雅称。

二十年前我羁旅的木屋小房间，便是在临此"哲学之道"的起程处。"要去看看你的老家吗？"她善体人意地侧头问我。那间二楼的小房间，似乎没有什么改变。未尝施漆的木板墙，和往昔一样黯淡，过时的两扇玻璃窗，也依然紧闭着。虽只是六席大小的空间，终究是锁过一些欢愁记忆的。"算了。不要去看吧。"我反而加快步伐走过屋前，怕一不小心看见一个陌生人拉开窗子探首，或是从那窄窄的木门走出来。

风之花，没有重量地飘落着，完全没有妨碍我浮动的感思；大概也没有妨碍我朋友的感思。她其实是断续地同我讲一些什么话的，我漫应着，却有点心不在焉。她绵绵的京都腔，就像是空气中到处都是的风之花，我听见了看到了，可是常常忘了那种存在。那种存在好像是不存在的存在。

小路的左侧是沟圳，水浅浅的，清澄潺湲。路的右侧是连亘的

147

屋宇，都是些矮矮小小的老房子，最高也不过是两层楼的建筑。从我的故居往前走，大部分是当地人世代相袭的住家。老旧，却整洁有致，像曾经美丽过而有教养的妇人，老了，但十分有尊严有韵味。间亦有些小铺子夹杂住户之中，也含蓄地做着各种买卖，并没有破坏大体观瞻。

我们走到银阁寺道的岔路，犹豫一下，终于舍游客较多的银阁寺，而右转步向法然院。法然院是我二十年前常访的小寺院。山门茸顶，顶着苍老的青苔。跨过山门，右边是石庭，依稀二十年前的寻痕犹在，左边是绿草丛木，苍苍茫茫。泉池、佛殿和石塔，没有一处不相同，只是，风之花下的法然院，倒是我未尝经验过的。我们绕到佛殿正面，有一座香炉，一条长绳自屋檐垂下。我的朋友合掌膜拜，拉一拉长绳，钟声幽幽响起，她多纹的眼角，似有虔诚隐藏其间。我也合掌，拙笨地拉动长绳，勉强撞出一点声响。方才她是许下了什么愿望吗？我无法猜测，但我自己内心只是一片空白。

法然院的后方略呈陡坡，有一处墓园，地近山麓，终年潮湿，又林木成荫，昼间也是阴沉幽暗的，只有中间石板路上照着一点阳光。她走在前面领路，我紧随跟踪，两个人都微微喘着气，不再言语了。背影有些龙钟。快七十岁了吧？也许已经过了七十岁。"爱是一辈子的事，到老到死……"记得她执拗地对我说过。但爱情终于变质死去，而今他们两个人都垂垂老矣。唉，爱情也不过如生命一般脆弱的吧。

我们无言地拾级而上，约莫盘绕数回，找到了谷崎润一郎的墓碑。这位以《痴人之爱》《春琴抄》《细雪》等细腻耽美风格著称的作家，也是《源氏物语》语体文的译者，可是在日本近代文坛上，更轰动的恐怕是他的"让妻宣言"吧。我的朋友娓娓细述着谷崎润一郎如何将妻子让与文章好友佐藤春雄，而自己则又另娶大阪

148

一位商人妇的轶事。这些轶事，我其实也早已知晓的。

在我们的面前，有一对大小相若的枯石，一代文学大师安息其下。二十五年的岁月悠悠逝去，石上已然有苔痕斑驳。左右对称的枯石上，各刻着"空"与"寂"二字，左方石头的下端，则又刻署着墓主的名字。据说名字与"空""寂"都是他生前所写的毛笔字迹。谷崎润一郎大概是深爱这幽静的法然院，所以选择此地作为永远的栖息之处，那墓碑的安排，或者也是出于他自己的愿望。然则，生时的盛名与爱恨葛藤种种，最后只余"空寂"二字吗？

空石与寂石，在终年不见阳光的山麓林荫下静静对立着。我们蹲下身，依照日人洁祭的仪式，用木勺舀水浇淋碑石，然后低首合掌。我心中似乎盘旋着许许多多感慨，竟反而更接近一片空无的境地。

我的朋友面容显得凝重伤悲起来，可能是追念墓下人的种种，也或许正想到她自己的一些往事。我们在墓碑前并立了一会儿，沉默无语。一只乌鸦飞过，遗落沙哑的啼声回响在墓园中，那身影却被繁密的树枝挡住而不知去向。

"走吧。"这次是我体贴地催促。她点点头，无意间让我看到眼眶里晶莹的东西。下坡的回路，我走在前面，心想，这样子也许好一些。至于，我自己眼角无端有热热的东西溢出，是什么原因呢？是不是周遭的空气太冷的缘故？

走出墓园小径，仍然是"哲学之道"的延伸，可以直通达南禅寺。究竟何处是终极处呢？众说纷纭，则又恐怕端视各人体力和漫步的兴致而定，何况，诗怀哲思又岂可以道里计数。

这里没有车辆行驶，在这个观光的淡季，连行人都稀少。我们奢侈地并肩走在路中央，漫步着、漫谈着。可是，自从步出墓园后，两个人的心似乎分别踏上岔开的两条路，各自恣意地徜徉在自己的心路上，却又能借着寻常漫谈同行在这条幽静的道路上。

巨大的枝丫在道路左侧的斜坡上，树叶并没有全部凋落。稀疏的枯叶与繁密的枝丫遮盖了小径的大部分，沟圳不知从何处转到我们的右方来了。

有时仿佛听见什么人的脚步声，我回首，觉得看到谷崎润一郎，和服、木屐、拐杖的轻装。

有时仿佛又听见什么人的脚步声，我回首，觉得看到吉川幸次郎，傲然昂步的样子。

有时仿佛又听见什么人的脚步声，我回首，觉得看到青木正儿落寞寡欢的神情。

仿佛有时又听见什么人的脚步声，我回首，却看不到什么人，只见被我们抛落在后头的林荫小径长长。

终于走出了林阴，周遭却依然灰暗着，先前的晴空不见了。

哦，原来是气候转变了，不知什么时候，雪也停了。

风之花，不再跹跹飞舞。

1991 年 4 月

幻化人生

这件事情不太容易记述。尽管我心里有许多感触，提起笔来，却是头绪纷乱，不知从何写起。

我向来不是迷信的人，做事又往往处于被动的情况，可是，近年来许多发生在自己周遭的事情，却令我不得不相信冥冥之中或许有一种力量真是超越人为的努力的；而所谓因缘，也真的是不可思议。有时候，一些零星的往事会靠着一条因缘的线而互相贯穿起来，变成晶莹珍贵的记忆。说是偶然，不如说是天定的因缘吧。

我认识桥立武夫教授，起初是经由通信的关系。去年冬天，素昧平生的桥立先生忽然从日本寄了一封十分诚恳的信到我的研究室来。他目前在东京亚细亚大学教授中国语文课程。由于二次大战期间曾在中国大陆居住过一段时间，他对于中国文化自有一种向往，对于中国人也有亲切的感情。在一个偶然的机会里得悉我翻译《源氏物语》，径向台湾邮购一套初版的书，读后便写了那封长信，询问我一些关于学习日文的背景，以及翻译的动机等问题。此后，曾经书信往返过几回。今年春间，桥立教授来函告以将利用假期来台游历，希望能与我见面晤谈。

校园里的杜鹃花次第绽开时节，桥立先生由一位年轻的日本留学生陪同来到文学院。他是一位六十岁许、中等身材的人，头发斑白，戴一副近视眼镜，看来温文儒雅。当天上午，我因为有两堂课，所以只能有匆匆一个小时的会谈。略事寒暄后，桥立先生即提出许多问题，要我口头答复。我看见他从大型公事包中取出一本活动册页的本子，在预先记有我名字的一栏中，仔细记录我所说的话语要点。桥立先生对于日本学界至今对《源氏物语》的中译工作尚未有普遍的认识，至感遗憾。所以决心返归日本后，要写一篇介绍我和我译书的文章，故而所提诸问题都相当细腻具体，举凡我个人的家庭背景、读书经过，以及近年来的研究对象与写作兴趣，等等，都详细追问究竟。

然而，一个人的过去零零星星如何在短时间内向陌生人述说详备呢？况且上课的钟声相催，我必须回到教室去面对学生们，未及交代的部分，便只有补寄已经出版的两册散文集，请桥立先生自己去阅读体会了。因为那里面有一些文章，是记叙我的童年生活及过去经验的。

大约一个月之后，我收到桥立先生返归日本后寄来的一个厚重的信袋，里面并附一份剪报，是介绍我翻译《源氏物语》的文章，重点放在我幼年的成长过程，题为"少女与书店"，子题则为"人生的因缘"。那篇文章的前半段大部分是依据我收在集中的一篇散文融会而成。

三年前，邀请一些人写作总题为"影响我最深的人与事"的专栏。我因为长期免费阅读那份报纸，便也不好意思推辞。但是，握管思维之际，竟觉得平凡的半辈子，受恩于人者虽多，却无一足堪报答之成绩表现，便也不敢冒昧书写卓然有成的前辈师长以示炫耀；忽又忆及曾读洪炎秋先生在他的随笔《人物的回忆》中写过："现在拿起笔来，想要赋得一篇人物的回忆，首先跑进脑子来的，竟是儿童时代所看到的，微不足道的，一些市井中的小家伙，而不是年长后所接触的，上得台盘的，那班廊庙上的大角色……"

我的记忆便循着洪先生这一段话的指引逐渐潮退,退回到童年时代。童年是在上海的日租界闸北地区度过的,而北四川路是我最熟悉的一条马路,因为那是上下学必经之途。在家与学校的中间,有一爿书店,是我当时下课之后经常免费阅读书籍的歇脚处。我依稀记得那店里的一对老妇人与中年男子,深刻难忘有一回遇阵雨淋湿后,他们二人如何照顾我拭干身子,为我烘衣喂食,又让我在书店后面的楼上休息,然后打电话请我母亲来迎接我回家的往事,遂以那段记忆为骨干,写了一篇短文,题为"记忆中的一爿书店"。在文章的末段,我这样写着:"那爿书店叫作什么名字呢?我完全记不得了。那好心的店主人母子姓什么呢?我也一直不晓得;说实在的,我连他们的模样儿也早已经忘掉了。然而有时不免想:我从小喜欢读书,而在这平凡的生活里,从过去到现在,一直与书本有密切的关联,我读书又教书,看书也写书。是什么原因使我变成这样子呢?我不明白。只有一点可能:在我幼小好奇的那段日子里,如果那爿书店里的母子不允许我白看他们的书,甚至把我撵出店外,我可能会对书的兴趣大减,甚至不喜欢书和书店也未可知。"这是真话。那个喜欢放学后看免费书的小女孩,日后得以在大学执教,间亦写一些文章,追溯其源,那一对看似母子的异国男女给她的影响不可说不大。

桥立教授返归日本后,大概是仔细翻阅过我所写的散文集,所以在那篇介绍的文章里把我的童年生活及教育背景描写得十分详尽。不仅如此,为了探究那篇文章中所提到的老妇人与中年男子,他并且专程造访东京内山书店的主人内山嘉吉先生(因为内山书店在二次大战期间曾于上海日租界开设分店)。很凑巧的,内山嘉吉先生则又曾于昭和三年(1927)在沪上曾照料过该书店的店务,因而得以事隔多年仍犹能辗转打听到一些本已遥远模糊了的往事。他把许多线索汇集整理后,给桥立教授写了一封信,而桥立教授又把内山先生给他的那封信影印一份寄给我。对于我个人而言，这真是喜出望外的事情，而他们两位主动为我奔波打听消息的善心诚意，更是令我由衷感激。下面我摘译内山先生写给桥立教授的信中与我的童年往事有关的部分：

……当时服务于书店中的老妇人大概是杂志部的员工，系西田天香所创"一灯园"出身者，至于另一位男性，则为经理长谷川先生之内弟清冈君。林文月女士记忆中的青年必是此清冈君无疑。他们二人令人看来像一对母子。为之亲切照料，烘干湿衣，带她上楼休息等等的善行，以一位"一灯园"出身的妇女，则理当可想象也。

清冈君已亡故。至于那位年纪较长的妇人，以其年龄推断，恐亦已不在人世矣！关于天香所创立之"一灯园"为何种团体，以及其对当时日本社会的影响，或者有说明之必要……

当年杂志部兼售成人及儿童之书籍，故而令一女童看来可能有"四壁上全都是书"（按：此系拙文用语）的错觉，但事实上并非如此。吾人幼时心目中之大衢，成年后再经过，往往仅只是一条狭小之马路，盖即与此同属幼年时未必正确之记忆。

当时出版部二楼为长谷川夫妇之住所，故而或有榻榻米之设备。唯今日健在者中，已无人曾亲登彼楼，长谷川夫妇亦早已作古，遂令无由探究矣。

以上所记诸端，系为原任职于上海内山书店之员工儿岛亨君所提供之报告，谨此转闻。便时请代问候林文月女士。

1982年6月3日
内山书店会长　内山嘉吉　拜上

信笺末端并且附记着："今春以来，罹患眼疾，以致文笔杂乱，恐难阅读，尚祈赐谅。"那字迹的确有些老迈，但笔锋浑厚而苍劲洗练。

这位罹患眼疾的老先生究竟是怎样一位人物呢？我无由得知。但他间接为我多方打听、又仔细修函的热心，却令我十分感动。从信上所记得知，早在我出生之前，内山先生已经去过上海，并且在那里居留过相当长的一段时间。在那影印的第三页信笺上方，用钢笔绘记着当年北四川路一带的地图。我记忆所及的重要地方：举凡虹口公园、内山书店、福民医院、第一国民学校，以及电车轨道等，皆一一仔细标出。这一条马路和沿途的这些景物建筑，正是我当时日日必经的处所啊！

人生的因缘何等奇妙！由于一篇怀旧的文章，骤然，三十余年前的往事竟重现在眼前，懵懂的童年，历历如同昨日之事一般，再度令我感受到无比温馨。我仿佛又看到当时仍然年轻的母亲那张亦惊亦喜的美丽脸庞，我甚至也还记得她如何用日本话向那位老妇人一再致谢鞠躬的模样儿。后来由大人们扶上人力车，紧挨母亲坐着，一路上摇晃着听母亲关爱的话语，当时只觉得似梦一般的幸福。唉，其实于今想来，才真是梦一般美丽而无奈啊。读内山先生的信，方知当年照料我的善心老妇人原来出身于高贵的宗教团体，但只恨为时已迟，无由报答。三年前，我则又痛失母亲，现在虽然无意间获知这些动人的故事，可是生死永隔，又如何去把讯息传达呢？

我珍惜桥立教授和内山先生为我寻回遥远的记忆，然而我知道如今这一切甜美的与悲辛的感受已无人可与之分享，只有寂寞地藏在自己心中罢了。

1982年8月

（选自九歌版《交谈》）

佛跳墙

传说古早时候有个乞儿,将从富人家分得的残羹冷炙在某所佛寺墙角冷僻处生火烩煮起来准备充饥,结果香味溢播,竟引得寺庙内的和尚垂涎欲滴,翻墙出来向乞儿索食。

这个说辞显然属望文生义,也无从考查,但这一道菜肴多聚山珍海味之荤食,竟能令"佛"跳墙,可见其味美自有缘由了。

第一次听到这个奇特的菜名,是在儿时,于母亲传述外祖父的零星往事之际,无意间耳朵捕得了这三个字。外祖父连雅堂先生中年时代于《台湾通史》完稿后,曾有一段时间举家居住于台北的大稻埕(即今延平北路一带)。由于其地缘近著名的餐馆"江山楼",故而每常与北部的骚人墨客饮宴于其间,而该楼主人也颇好附庸风雅,对于雅堂先生尊崇有余,逢年过节每以佳肴敬奉至府。其中,外祖父最喜爱的,便是"佛跳墙"。

不过,我真正尝食佛跳墙,却是在多年以后。我们的家庭自上海迁回陌生的故乡台湾;我个人则已自童年步入少女时期。当时,父亲出任华南银行的战后第一任总经理之职。犹记得华南银行招待所有一位资深的厨师,我们都随父母亲称呼他"吉师"。所谓"师",是"师傅"的简称,亦是对于厨师的尊称;至于"吉"字,合当是那位厨师的名字,当时大家是以闽南语为称,我们只知发音不知其字,而到如今长辈都已过世,也无从求证了。巧的是,那个我们都会称呼的名字，竟与乞儿烩烧佛跳墙仿佛音同或音近，而吉师最拿手的佳肴之一，也正是这一道最具特色的闽南菜——佛跳墙。

父亲平日忙于事业，只有在星期日才会有较多的时间与子女相处。我们往往会全家去北投的华银招待所，一方面享受洗硫黄味甚重的温泉浴，一方面也享用一顿丰盛的台湾菜。吉师在冬季里，往往会为父亲和我们准备这道味极浓郁的佛跳墙，虽然在其后的日子里，我也在别的场合吃过同样的菜，但似乎皆不及少女时代与家人同尝过的吉师的手艺高妙。

后来，我自己也试着回味往日的记忆去烹调这道闽南佳肴，反复试验后，方始悟出原来那个看似附会的故事，竟是寓含着道理在其内的。所谓"乞儿"以乞自富门的冷炙与残羹烩煮，其实正是佛跳墙烹饪的要诀所在。此菜肴宜将许多分别烹煮过的山珍海味汇集而蒸煮，却不宜将同样的材料于一锅之内烩煮出来。

佛跳墙的素材相当多，却没有一定的规格。大体而言，所不可或缺者为：鱼翅、海参、鱿鱼、猪脚、猪肚、香菇、芋头红枣，此外亦可视情况而加入小排骨、鹌鹑蛋等。而这些材料多需事先分别予以调制好，鱼翅与海参不但需要煮发好，而且更要分别焖煨或红烧妥，一如前篇所记。手续相当繁杂，所以我通常都会在制作鱼翅或海参之际，预先留下一部分，储藏在冷冻库内。佛跳墙是聚众多素材所成之菜肴，每一种所需要的量不多，约在客人每一碗中各味材料有一小撮或一片、一块即可，故而鱼翅若留两小碗，海参存下两三只便足够了。

猪脚及猪肚亦需先按照一般烧卤的方式备妥，唯因尚需与别物汇聚而蒸，所以不必太软，以略有韧性咬劲程度为宜。若想再配加小排骨，则可先予切块，在热油中炸至外带脆黄而肉呈六分熟者为佳。猪脚切成约寸半许块状，猪肚则斜切为寸半长。各物都要以适合入口之大小为准。

　　鱿鱼以干货浸泡水，较市场上已发者为味道鲜美。浸发过的鱿鱼，切成寸半许长，而在肉上用斜切刀法轻轻划出纵横纹路，可收熟后卷曲的美化效果。至于浸泡的水，可以留用。香菇与红枣亦皆事先浸泡使开张。芋头则去皮后，切为一寸立方块状，并先在油锅中略炸，可以防止蒸熟后形体毁散。

　　各种素材准备停妥后，取一个大型有盖的深瓷容器纳入。通常，佛跳墙都有一定的容器，其形制如花瓶，肚大而口略收之白底青瓷器，由于需要蒸煮时久，所以瓷质较为坚固厚实。于此深碗底，先铺排炸过的芋头，然后依序再一层层罗列猪脚、猪肚、小排骨、鱿鱼、香菇和红枣等物，最后才铺上鱼翅与海参。各色材料铺排妥当，以不超过全碗的六分满为准则，此则为预留注入高汤之容量。

　　佛跳墙所用的高汤，以取自各色材料的制作过程中所自然产生之汤汁为基础，例如鱼翅之羹汤，海参之浓汁，猪脚、猪肚之卤汁少许，以及发泡鱿鱼、香菇之水分，皆可留用。但这些用料的汤汁都十分浓腻，故不宜多取，仅需少量掺和即可，如若有去油层之清鸡汤，可予调入一两碗，以冲淡各种素材原汁的浓度。最后尝试咸淡，撒入一点胡椒粉，以及约两茶匙的绍兴酒，勿使汤超出碗的九分满，蒸煮滚沸之际才不致溢出碗外。

　　大而深的瓷瓮，至此因容纳了众多素材，且注入九分满的高汤，所以相当沉重。口上可以加盖，但若加了盖子，往往会变得太高，所以我通常喜欢用铝箔密封，既能封口使蒸煮的水分不致滴入碗内，又可以减少整个容器的高度。瓮口封妥后，需要一个更大的深锅来隔水蒸煮。一般家庭鲜有那么大的锅，故而可以使用市面上呈三层式的铝制蒸锅，搁置上面两层有洞的部分，只取用下面盛水部分及其隆起的锅盖。

　　将瓷瓮放置入蒸锅中央部位，徐徐注入清水。水无须太多，多则往往令瓮浮动不稳，故以淹过瓮肚约五六分高之量为宜。瓮本身之重量，加上蒸锅之内已注入相当多的水，至此全体总量更为沉重，所以不妨将蒸锅事先安置于炉上，省免搬运之劳。炉火须先旺，等水沸之后，可以转弱，维持蒸锅内之水继续滚腾即可。这时候，铝制的锅盖可能因水汽不断冲顶而浮震扰耳，可用一小而有重量之物（例如磨刀石）平置于锅盖上镇压之，既可防止扰耳之声，又有助于减少水汽过分外散。

　　蒸煮的时间大约为四十分钟到一小时，视瓮之大小而定，以瓮内诸物热透且高汤滚沸为准；过久则各色素材本皆为烹制妥备之物，恐会烂熟致诸种味道互犯，故而时间之拿捏相当重要。一般而言，虽云有铝箔、铝盖封加，瓮内滚沸时仍不免有浓馥外溢，即可以关熄炉火，打开锅盖。

　　瓮在热水内蒸煮多时，水汽既极热，瓮亦十分烫手，故宜隔三数分钟才戴厚手套将其提出。把铝箔移开，香浓美味即刻扑鼻，可以在面上稍微撒一点胡椒粉，取瓮盖盖上，即可端出飨客。

　　传说中，乞儿烩煮富家残羹冷炙的故事虽未必可信，但佛跳墙的烹制特色即在于各味分制，最后汇聚而隔水蒸煮；同样的素材同锅烹煮，却效果全异，所以传说之产生，亦不无道理了。

　　每次飨用这道颇费周章的菜肴时，垫底的芋头块往往是大家最欣赏的一味。因为芋头本身不具特别味道，故而置于瓮底，可以全然吸收各色材料及高汤的美味；而且略经油炸成块状，虽经长时蒸煮亦不致形体损坏，既松软浓郁，又稍具有咬劲，是别种烹调方式所无法取代的特色。而每当尝食此道佛跳墙时，我总是会想起少时合家飨用吉师手艺的快乐时光。虽然父母已经先后作古，姊妹兄弟也都分散各地，有些甜美的记忆却是永不褪色，舌上美味之内，实藏有可以回味的许多往事。

1999 年 4 月

糟炒鸡丝

酿造过绍兴酒的余滓,俗称为香糟,又称为老糟头,亦即是古书上所称糟粕。由于滤清后的酒是酿者与饮者之所欲望物,故而滤酒所剩下的糟粕遂被视为多余的,甚至是无价值的东西;再经由道家书籍的多次引用,糟粕一词遂愈形转成不值重视的代名词。例如:"名位为糟粕,势利为埃尘。"糟粕竟被看作等同于埃尘了。

其实,糟粕虽是酿酒之余滓,其物甚是可贵,为下回再酿酒时之所需。据说公卖局制造绍兴酒的糟并不对外出售,恐怕与独家秘方有关的吧。即使不为了酿制酒之目的,中国菜里使用香糟的也有不少种,例如"糟溜鱼片""糟豆腐""糟螃蟹",等等。我在台北馆子里吃到的菜肴中,以从前在重庆南路上的复兴园所烹调"糟炒笋尖"为最值得回味。复兴园的老板,真实姓名为何,到如今都不晓得。我们一直称呼他:阿唐。阿唐那时候还经常自己下厨,尤其当席间有孔德成先生时,他更不敢马虎。在台北众多的上海馆子中,阿唐烧的菜可算是数一数二地道的好手艺了。记得有一次初冬时节在复兴园餐叙,冬笋方上市,阿唐亲自端来一盘全用冬笋尖炒出的糟炒笋尖,味道清甜香郁无比,我禁不住啧啧称赞,并且向孔先生请教那道菜的烹饪方法和要领。孔先生虽然未必亲自下厨操作,但他是一位美食家,尝谓:"好的菜,一看就知道,要等吃到嘴里方分辨好与否,那就差了!"孔先生也非常心细,那次以后,凡遇着时令,不论是否我做东还是别人请客,他都会特别吩咐那一道菜,说:"这是为你点的。"其后,出于某种原因,复兴园关闭。未几,在敦化北路高架桥底下另开张一家规模较小的"阿唐食府",仍由年纪已稍大的老板亲自主厨。若干年后,"阿唐食府"也关闭。大家正惆怅之际,忽闻在汉口街又出现了另一家"复兴园"。阿唐年纪更大,时常坐在门口做活广告招揽客人,跑堂的也有故人在,但毕竟当年老复兴园的水准已不再,更莫道糟炒笋尖了。

糟炒笋尖成为绝响了吗?也许我孤陋寡闻,别处仍有可食之餐馆与技艺也未可知。无论如何,冬笋价格昂贵,而集其尖端炒出一盘,恐怕不是一般家庭宴客所能阔绰出手的,所以我这里介绍另外一道比较寻常且亦味美的"糟炒鸡丝"。

香糟的取得,在台湾可能不太容易。因为公卖局既然不出售,或者可以在专卖南北货的店找一找大陆来货。我家的香糟,是许多年以前在香港购得,其后在美国的加州唐人街也买到过。香糟一旦购得,可以持续使用持续储藏,所以只要小心慎用,倒是可以长期留存,相当方便。

在南北货店买来的香糟,是沥去酒汁的半干糟粕,多数密封藏于牢固的双层塑胶袋内,粒粒挤压呈深褐色饼状。取一大型玻璃缸,将香糟投入缸底,加两三瓶陈年绍兴酒,盖紧瓶盖,使之与外面的空气及灰尘隔绝。若无瓶盖,则须以清洁的布及塑胶纸包裹妥善。找一个干爽阴凉的屋隅放置三星期左右。酒与糟相遇,原先干硬的饼状,会逐渐散碎,且膨胀沉底。三星期以后,泡了酒的香糟已经可以使用,而经久不坏,并且越陈越香醇,只要注意每次舀取时用干净的瓢,勿沾生水即可。如果酒糟少了,煮一锅蓬莱米白饭,冷却后倒入缸内,再加一两瓶绍兴酒,大约一个半月后,又可以有满缸的香糟了。我家厨房里经常有一缸香糟,也忘记存放多少年了。放置之后,原先上半部较浅淡的酒色,已经自然转变成为琥珀色,甚是好看。

炒鸡丝,最好购买超级市场包装好的鸡胸脯肉。透明的塑胶纸,一目了然,可以辨识分量多寡与新鲜度,而且已代为去皮、处理清洁,省却许多工作。

先把一条条的胸脯肉放置砧板上,剔去筋丝再横切为薄片,最后才顺着肌理切为细丝。切鸡肉丝时,一定要切得薄,切得细,才显得出其精致。所谓"工欲善其事,必先利其器",厨房中一定要备有较薄的切肉刀,而且要时时磨利;此外,不妨将鸡胸肉先予以冷冻少时,稍稍冻结形体固定之后再切片切丝,会觉有事半而功倍之效。

通常十个人左右,准备两条胸肉就足够了,因为切丝浸泡作料后,肉会显得膨胀起来。将切好成丝的鸡肉放在一个稍大的碗里,浇上大约一勺半大汤瓢的香糟及酒。舀取香糟时,用长柄大勺,于舀酒的同时,亦不妨伸探底部捞出一些糟粒,如此,味更醇厚香郁。

除香糟之外,须另加一些盐和糖,使入味。我喜欢加几滴淡色良质酱油,使炒出来的鸡丝稍带颜色而不至于惨白。于是取一双筷子,将浇上了香糟及各味作料的鸡丝拌匀;拌匀时动作不必太过繁复,细的鸡丝才不致断裂成泥。少顷,经此香糟浸泡的鸡丝会因为吮吸水分而稍稍发胀,遂加些微太白粉,并滴入数滴素油,略予翻拌,蒙上保鲜膜,置入冰箱内冷藏。

炒鸡丝要用热锅冷油,这是孔先生教我的一个诀窍。以前总是为炒出来的鸡丝焦黄结块而烦恼,自从得到一语指点迷津后,几乎没有再失败过。我自己则又多方比较,发现取用锅底较宽者,或者平底锅,由于接触面广而无须多次翻搅,鸡肉容易均匀炒熟,效果更佳。

用宽底的锅在炉火上烘热，至手掌在离锅面约一尺处能够感受热度时再注入冷油，遂即将从冰箱内取出调配好作料的鸡丝略略松动，轻快倒入锅内。热锅内的冷油与鸡丝，由于锅底的炉火持续加热，遂亦逐渐转热而呈熟，但不至于像爆炒牛肉那样快速变熟，是随着油温转热才将鸡丝带动趋熟。这时，有较多的时间从容对付每每因香糟浸透泡涨而纠缠成堆的众多丝状鸡肉。我常常一手用炒菜铲子翻动，一手用长筷搅松稍稍凝结难理的鸡丝。等翻炒清理妥善时，鸡丝已熟，香糟馥郁，便是应当起锅的时候了。如此炒出来的鸡丝，嫩滑无比，绝不会焦糊。起锅之际，若是滴几滴香麻油，更能加添芳香，而且看来晶莹剔透美观。

用一枚稍深的素净盘子，将鸡丝纵横盛其上。若觉单调，可摘一两片芫荽点缀。离开炉灶至餐桌之间，属于香糟那种醇芳飘流于空气间，任何人都会受到引诱。始知孔先生说得不错：如果定要吃到嘴里才知道菜好，那就差了。《随园食单》所谓："目与鼻，口之邻也，亦口之媒介也。佳肴到目、到鼻，色臭便有不同。或净若秋云，艳如琥珀；或其芬芬之气亦扑鼻而来，不必齿决之舌尝之而后知其妙也。"便是指此。

或者有人认为香糟既然难于购得，亦另有一物暂代。买上好酒酿，取酒酿一分，对绍兴酒一分，虽然芳醇之味不及香糟，勉强可以替代补充。也有人全不用糟粕，纯以良质陈年绍兴酒浸泡鸡丝炒之，只要鲜香滑嫩，亦是一道可口的菜肴。不过，这些都是本文枝叶，聊为附记陈述耳。

1999 年 4 月

秋阳似酒风已寒

终于走进"恺撒"（César）了。

这家专卖酒与西班牙酒肴小吃的店，在吓倒（Shattuck）街1515号。地址很容易记，店面也一目了然可判识。据说在此区开设已经一年，但每次开车经过时，总是望望而已，未敢鼓足勇气驻车入内。

无论夏冬，这家店总是宾客满座，溢出街上。说"溢出"，几乎不是夸张。因为那临街的一面墙壁，整片卸除，只用细致的铁栏杆将店与街聊为之分隔。两个巨型落地窗，各有两大片折门推向两侧，中间只留一面窄窄的粉墙，写着店名César和门牌号码1515。四五张木桌和椅子摆在那里，饮酒谈笑的人簇拥其间，仿佛就是被店内拥挤的人群挤出街上来似的；尤其入夜以后，街面黑暗，独独这个挖空的墙壁内灯火辉煌，人头攒动，景致真可吓倒行人。便也往往望而却步。

店是从下午三点营业至午夜。一周七日，没有休息。

这一天，我们决心不做过客，定要入内。便选择一个非周末、非假日的下午四点过后。那一带是出名难驻车地区。店才开始营业不久，果然宾客并不多，但是我们绕屋三匝，未能觅得车位，便只好驶向稍远处，并互相提醒，一个钟头以后须来丢铜板。

"恺撒"的落地窗敞开向街，已然有两三个台子被占据。我们从侧面推门而入。

到得早，是有好处。店内空间宽敞，不像往时看见的熙攘拥挤情况。迎面整面墙是吧台和酒架，中央部位镶着一巨型玻璃。吧台边当然有一列高椅，其对面是一长排由木条组成的不分隔的椅子，放着十来张小方桌，夹着方桌，各置一张木椅。中间地带，则散放着稍大的圆形桌，可坐四个、五个甚至六个人。中心处则被一长方形朴质的木桌占据着。四面随便地放着长、短板凳四具。人多时大概是可以肩并肩、臂触臂地挤坐的吧。

如今，四张板凳上，空无一人。许多圆形的桌和方形的桌，也尚无宾客。到得早，反而不知所措，犹豫不决，不知坐哪个位置才好。

选定长排椅的中间部位，也没有什么特别用意，只觉得这个位置最适合观察店内全景。他只得很自然地落座对面的木椅上。

甫一坐定，全身黑色衣裤，甚至围裙也是黑色的侍者便用三个指头捏夹着一小碟各色橄榄，含笑放在桌上，同时也送来三份单子。两张相同的白底黑色简单的，一面印着一般酒品，另一面是今日菜肴（tapas）。每人各一张，方便各人选酒点菜。一本有黑色皮套的小册子，则全属酒事。从各色红、白葡萄酒，至世界各地的佳酿，产地、年份都记载得清清楚楚。

我们翻看一阵，相顾莞尔，同时拿起那份简单的。洋酒的学问大了，可别出洋相才好。想起溥心畬先生那则逸闻。溥先生早年游学于欧洲之初，在餐馆点菜，因不谙法文，在菜单最上一行点一点。侍者端来一杯酒。以为欧洲人餐前好尚饮酒，乃饮尽杯中物。侍者再来时，溥先生指了最下一行，讵料，复来一杯酒，亦只好饮尽。第三次，便指了中间一行，竟亦是一杯酒。酒已足而饥肠辘辘，他哭笑不得。其后方知那张"菜单"，原来是酒单，无怪乎指哪一行字，来的都是酒！这是溥先生往昔在师大艺术系教国画时，亲口对学生们说的，而那时他正是其中一个学生，所以不是捏造的名人趣事。

他叫了一杯 Sherry。我要了一杯 Margarita。等酒的时间，我们用指头捡起大小颜色各异的橄榄。想起前几年旅行西班牙时听当地人说的，橄榄是上帝的恩赐：果实可食，既营养又助消化；其油可烹调，胆固醇低；枝叶可以焚烧取暖，复可用于沐浴之际击打加热之石，使散发芳香之气。至于中国人饮酒时最自然会想到的，大概是花生吧。想到饮酒与花生，自然难免会想起台先生，他有一句名言："花生佐酒，谓之'吃花酒'。"老学生在课堂之外，大多听过台先生这句戏谑的话语，大概也多数不会忘记他说罢哈哈大笑的爽朗神情。那竟已是许多年以前的事了。多年后在异乡想到这些，忽然令人心痛！

酒来了。喝酒吧。

侍者站在一旁问："决定点些什么菜肴吗？"

那份 tapas 上面列出的样式并不多，是日日更换的菜单。看看左右的客人，每个方桌之上都有一盘如山一般耸起的炸洋芋薄片，便先点了这一道再说。

那炸洋芋片，与汉堡附带卖的有些不同。连皮切得极薄的长条形状，炸的火候刚好：不腻不黏，干而且爽脆；略带咸味，又间有各类香菜。以之佐酒，风味绝佳，难怪几乎人人点一盘。邻座一个中年男子，比我们早到，独自饮酒读晚报，自始至终便只慢条斯理抓两条芋片，佐酒也佐报。或许是一位常客吧。

啜饮几口酒后，忽一抬头，看见对面稍远处有个非常熟悉的身影。定神再望，方知是镜中的自己，不觉得有些滑稽可笑。其实，方才一进门就注意到了这一大片镜子，怎么竟自己吓倒了自己呢？

镜子大得像一面墙，又令我想到马奈（Edward Manet）那张油画《吧台》（*Bar at the Folies Bergère*）。不过，对面站在吧台后的不是金发婀娜的少妇，而是一个瘦高的中年男人。他正非常专业地从左肩上方斜斜摇下调酒瓶，动作精确而有韵律感。行行出状元。那人的位置、动作和神情，都极明显地成为酒店的重心，其余远近各种角度映现于大镜中的男男女女，相形之下都变成了芸芸众生。我那个身影，和坐在我对面的他的背影，当然也是芸芸众生的一部分了。

芸芸众生，每个人都在忙些什么？在他们尚未来到此酒店以前，以及以后？生活样式有千百种，无以计数，骤然于此刻相遇构成芸芸众生的一部分，也是一种缘分吧。

我们现在未必真的那么忙，但是偶尔的憩息和排遣空闲的方法倒也是有种种，两个人来酒店消磨一下午，则是颇新鲜的经验。至于我的毛病是，遇着新鲜的事情就喜欢用心观察。譬如这样子看吧台的酒保，又装成若无其事地左顾右睐看这些人群。什么时候才能戒掉这种习惯呢？

换一个姿势坐，并不是原来的坐姿不舒服；把头偏向另一边，是想要丢弃用心观察的持续。"怎么啦？"他问我，"要再点一些什么小菜吗？"

也好。再点一些小菜吧。"要一碟腌火腿片。"我知道那与金华火腿近似，切得薄薄的，生吃。"再来一碟熏鳕鱼。""如果还要一点番茄虾，会不会嫌多？"是稍嫌多了些，但中国人不作兴干喝酒，总要佐些菜肴。环视酒店内，只有我们两个黄种人哩。

于是，顺便又各续一杯与原先相同的酒。

Margarita 是墨西哥鸡尾酒，取材于龙舌兰的"特级辣酒"（Teguila），辛辣似杜松子酒。加些冰块，夹一片柠檬于宽杯口，杯口涂抹一圈细盐。轻轻摇晃玻璃杯，使冰块与酒均匀混合，柠檬片在唇贴着抹细盐的杯口时最是芳香。这 Margarita 与"马丁尼"的制法相类，也很上口，一不小心令人醉的特色也近似，所以有台湾饮客戏称之为"墨西哥晃头仔"，盖指其易令人醉后摇头晃脑的吧。

可是，在这个酒店里没有人喝得摇头晃脑。人人似乎来此享受谈天或独处的乐趣，酒是增添乐趣之一途罢了。

声音越来越大。

在我们续杯添菜肴之际，西阳更斜，下班或下课的人渐渐填满那些原来空着的位置。原先清楚可辨的配乐，那种带着些许哀愁和慵懒的西班牙民谣，也逐渐淹没在喧哗的谈笑声浪里，幽幽地断续间歇地，歌词乐调在可辨不可辨之间低低吟唱着。

隔壁看报饮酒的人，起身付账，套上外衣，将看过的报纸仔细折成长形夹入腋下，与酒保远远举手道别，走了。桌面上留着一只空酒杯，和干干净净不剩一片炸洋芋片的白瓷碟。

两杯 Margarita 尚不致令人摇头晃脑，但双颊上微微发热，可是人多起来的缘故吗？

瓷碟里尚有些许残余的酒肴，但酒杯既空，我们也该走了，把位置让给门口稍稍拥挤起来的下一波酒客。

走出店门外，西天艳红。"秋阳似酒"，有人取书名如此的美。而秋阳确实似酒，唯风中已然有些寒意。

夜　谈

枕上辗转，难以入眠。

索性不如起身。夜有些凉而温柔，赤足踩在地板上的感觉很纯净；纯净的感觉，也许因为地板上有月光投射的玲珑花纹。这花纹组构成浮动的虚幻的世界。轻轻的、轻轻的，不敢踩破那虚幻浮动的光影，从卧室走向那微微有声音的方向。

声音似乎来自走廊尽处的客厅，越走近越清楚，可也始终是轻声微谈。

不用开灯吧，月光如水。这样的明度，正好可以辨别方向和家具的位置。在可以辨认的方向和家具上，并没有人，然则，这微微的交谈究竟源自何处？

我也是来自一个古董商店。我在那个店的角落蹲了三年。有人在我坐垫上试坐好几次，有人把我上上下下翻来覆去端详，也有人向店主人打听价钱，终于都把我放回原处。一天，女主人进来，其实她已经在窗外望了我好几次了，她用手指摩挲我镂雕的椅背，无限爱怜的样子。我还记得那温柔的触感。店主人洞悉她的热望，不肯稍减价钱，只将税免掉。

她把我安置于离你们稍远的这个落地窗前，大概是想要凸显我这镂雕的椅背。夕阳斜斜地投掷黄金的残照时，透过这些花纹，会在地板上印现出美丽的明暗影像。喏，即便是夜晚，如今晚的月光，也可以看到玲珑的光影。

这桃花心木上面的镂雕，是一百一十余年前，英国中西部的一个木匠所雕制的。他是应一位曼彻斯特的商人的要求所制作。那位富商为了庆祝他和妻子结婚二十周年而订制了一套餐桌椅，他们有四男二女，连同夫妻俩，共八个人进餐。我是八只椅子当中的一只。男主人的椅子有两把扶手，其余的七只像我这样，有高高的镂花椅背，却没有扶手。

英商的妻子很喜欢我和我的同伴。这种左右对称的镂雕花纹，以及高高隆起的椅背，是仿文艺复兴时代的样式。做工虽然不如文艺复兴时代的精致考究，倒也是那位英国木匠壮年时代技艺纯熟期的作品。约莫花费数月的时间才雕制完成，连同一个长方形桃花心餐桌，搬进了曼彻斯特的商人餐厅内。

我们留在那个家庭里，日夜供他们使用。眼看着商人和他的妻子渐渐衰老，先后死去。他们的长子和长媳变成了那个房子的主人，由于他们只生育两男两女，便将我和另一姊妹常靠在墙边休息，只在有一两位亲戚来做客时才使用我们。这就是为什么我比较能完好地保持原样的道理了。

后来，这家的二女，也就是老妇人的小孙女儿嫁给一个美国人。在乘船远行之际，她独坚持要将我搬去新大陆，作为她对于老家和家人的纪念物。从此，漂洋过海，我和同伴失散，而在美国东北部的新英格兰待了一段时间。我被安排在第三位女主人的起居室内。那房间里充溢了曼彻斯特家乡的景物画，以及老家庭的人物相片。女主人时常在深夜里坐在我身上叹息流泪。大概看到我难免思念她远方的家人吧。可是，等她的两个儿子成长后，对我就没有那种依恋的感情了。他们各自在外乡成家立业，没有带走任何一件家具。我和其余的桌椅橱柜一起进了旧家具店。几年前，一个古董商人进来，那老鹰一般锐利的眼光横扫储藏室，一眼便看中我，遂将我和其余数件老家具收购下来。

　　从此，我又转徙东西迢迢数千里路，在加利福尼亚州落户，直到被现在的女主人买下到这里来。很幸运地，木材的部分一直有人上蜡磨光，所以百余年来始终能保持完好的面貌，至于坐垫的部分，已经三易其套；请看这个红丝绒的垫面，还是现在的这位女主人和她的先生亲手为我新绷的呢。

　　那么，我比你要年轻许多了。忝列于古董家具店的一隅，许是因为实在称不上新家具的缘故吧。算来，从一大块木材被制造成这样一个六角形桌几，也有六七十年时间了。我这大半生，倒也没有旅行过许多地方，是加州的一个木工所制造。材料也是桃花心木。大概是因为同样木质，色泽相近的关系，我们被摆成毗邻。我这六角的造型，仿古的雕纹，还有鼎立的三足上面曲折有致的图案，虽然不像仿文艺复兴时期家具的精致可观，当时倒也颇费了那位木工一番心血的。

　　我自己乏善可陈，不如介绍我桌面上的这一尊木雕观音像给你们听。你们看，这斑斑驳驳古意十足的半卧式观音像，其实也并不是很老的作品。中国曾经吹过一阵"百花齐放"之风，民间还真有不少的好作品产生。制作这座木像的人，是艺术家，还是匠人？也委实难以分辨。瞧，这观音脸上安详的表情，身段姿态，和手脚的舒散自如，乃至于发丝衣褶，没有一处不佳妙。

　　不过，老实说，当初观音像上面是涂满了浓重的五彩颜料的。我们家的主人买来后，请人把那颜色用药水洗去，留下若隐若现的这些微残色，才成为现在这个样子。如今，大家见了这尊观音像，还以为是明清间的古董哩。"

"唉，观音不语，你倒是介绍得详细啊。说起来，我也是来自中国北方，而且是真正乾隆年间的制品。

我这椅身矮小，是给小姐太太们妇道人家上轿时候坐的，所以形制小巧，雕工精细。这椅背微微有些弧度，是考量人体坐姿而设。中间有三段浮雕，上面刻着牡丹花和枝叶。中间刻了一个妇人和小孩。梳着童髻的男童依偎在母亲身旁，那妇人的右手搭在孩子的肩上，十分温柔传神。下面刻的是中国式的图案，和西方写实的风格不同，云形的镂雕，介乎抽象与写实之间。坐板下方右侧有一小抽屉，是给人装些手绢扇子一类小东西的。椅子的下方，除后面以外，其余三面都有桃子、兰花、菊花等浮雕；而整个椅子，都是经过红色与黑色的漆一次次涂上，最后又描上了金线的。只可惜年代久了，金线多已褪去，看不到了。现在，连红色和黑色的漆也淡去甚至磨损了。

那么长久的时间里，我实在记不住有多少人坐过我这把小椅子了。从前啊，妇道人家也不怎么作兴外出，她们即使上轿，坐在椅子上，也遮得密密的。尤其在那个年代，她们把一双脚裹得小小的，坐在窄窄的不过尺半见方的木椅子上，随着轿夫们的步伐左右晃摇，你们以为是好玩的吗？咳，可是真受罪哟！

其实，从这一家到那一家，我被搁置的时间还比使用时多呢。这也许是我的金线虽褪去，漆色已淡，而仍然能保留大部分原样的道理。

我也来讲一段自己的故事吧。其实，我比你们更早来到这个家庭，只因为我原是个穿衣镜台，不适宜放置在客厅里，所以一开始就被安顿在离你们稍远的廊道上。不过，这个廊子很宽，几乎就是

173

客厅的延长，而且人人都要经过我面前，才能走到你们那儿。位置也不能不算重要了。

　　我也是中国的产品，只是时代比小轿椅你的年纪稍稍晚些。约在八九十年前，一位老师傅花了两年多的工夫，在一堆榉木里寻着这几大片上好的质料，刻成了这些仕女闺房的图像。我这穿衣长镜的四周框子雕满了梅花，一朵接一朵，总共有多少？你们大概想不到，一百四十朵！外加两边支撑的木架上，另有八十朵；而且，整座镜台的周边也都以同样的雕梅镶成，那就真的不计其数了。这些梅花每一朵都同一样式，活泼而整齐，尚是不脱匠气，然而你们仔细看我镜子两旁的左右两柜，那就会叹为观止了。

　　两柜子的里外两侧共四面都自成一构图。每个图面的内容虽不同，却都由四个仕女构成，其中一个是大家闺秀，三个为丫鬟侍女。或在绣房闺阁，或在亭台廊间，有捧书观图、有举扇拍蝶等仕女图的内涵。老师傅当年是参考了一些古画，一凿一削雕刻而成。他把平面的图画浮雕成立体有层次的板面。人物的面部衣着，以及亭台楼阁、花卉翎毛，都曾经有他贯注的技艺留存着。

　　神乎其艺啊！这穿衣镜本来是老师傅晚年的消遣，不准备出售的，他做做停停，在这上面消磨了许多工夫。除了外面的浮雕，瞧，左边柜子里头自上而下三个抽屉的把手，都有云纹的图案和梅花镶雕。雕刻好了，拼制成器以后，他又亲自打磨，一道又一道地仔细上漆。

　　人，大概不能只是为衣食住行而生活。老师傅做了一辈子木匠，经他的手完成的家具真是数不清楚，其中也有一些比较精细之工，他自己也相当满意的，但终究是要脱手而去，易为金钱，变成养家活口之货物。至于他制成我的心情，是可以体会的。他是想要留下一些什么。所以完成后，并没有摆置在店前明显的位置，却搁在隐蔽的后头。

可是，这件精美的穿衣镜台，竟成为传闻遐迩的家具，闻风而至的人很多。老师傅无意出售，故而把价钱标得极高，许多人只好惘惘然而归。

一天，有一位老爷进来。他也是慕名而到的，见到我后，欣赏得不得了，二话不说就叫手下的人把钱付了买下我，还请老师傅再制作一个小木凳来配合穿衣镜台。喏，就是摆在沙发椅旁边当作小茶几的，你们看满满镶雕梅花图案便可知道。

老爷子是在美国经商的富贾。那时他正要出嫁独生的掌中珠，趁着回到中国买办的机会，给女儿选购一些嫁妆。他深爱女儿，又眼力强，天高的价目也吓不倒他。老师傅原以为自己订出的高价会令每个人望而却步，没想到那位老爷爱女也爱艺术精品，只得忍心割爱予他。

我便乃漂洋过海，和另外一些中国的精致物品，给运到了三藩市。

富家小姐花嫁之日，可真是惊动了整个唐人埠。老爷子刻意要一切仪式遵照中国礼俗。还记得洞房花烛夜晚，我斜斜地映见了一对穿着唐衫礼服的新人。新娘子穿戴喜气的艳红嫁妆，可就是泪流个不停。想她父母亲和家人的吧。

往后，她每天必然在我面前照映自己，看看裳裙是否整齐？发饰有没有不妥？我把她从一个新嫁娘照到为人母的少妇，从原先稍嫌瘦弱的身段照到丰腴的体态。

唉，可是人间事真正难以逆料。也不知为什么，我们的主人渐渐就不大常回家了。女主人有时夜半一个人在房里踱着，来回在我面前走过不少次数。时而，在我面前站站，用泪眼望着她自己的脸庞。我觉得她消瘦了。

后来，索性就看不到主人回房间来。到底发生了什么事呢？我们做家具的，一旦被放置在那里，就只能知道周边的事情，外面的世界不得而知，委实是无可奈何！只见我的女主人不仅流泪伤心，又变得焦虑不安。有时候晚上独卧辗转反侧，起来开柜子翻抽屉。连我这左侧的三个抽屉也都打开来，把许多的金链子和宝石饰物拿在手心里看了又看，第二天早晨便急急忙忙带了一包东西出去。

我抽屉内的珍宝，拿出房门后就不再回来。那些都是女主人的嫁妆啊。也不知疼爱她的老爷怎样了？中国男人是不会随便走进一个妻子以外的妇人房间里的，即使是自己的女儿，所以自从女主人结婚后，我便再也没看见过她的父亲。

珠宝细软没有了。连屋子里比较精美值钱的摆饰也被移走。最后，有人进屋子来抬桌椅搬橱柜，那些也大部分是老爷从中国物色来的家具。

终于，我担忧的事情发生了。在一个夜凉如水月色满屋的晚氛里，我见到女主人心事凝重地望着我。她趋前就我，不是照映自己，却是来拥抱我。她哭倒在我身上。用手指怜爱地触摸这些梅花，每一个浮雕的仕女，以及凹凸有致的亭台楼阁垂帘花树等雕刻中的背景。难道我也将被移走吗？很想诘问，但无喉无舌，只能玄默不语。

次日，果然有工人模样的男子两人来抬走我。女主人倒是不再哭泣落泪，显然极力抑制着自己的情绪，变得十分坚毅的样子。她指挥着工人，趋前随后，时时提醒："小心，小心！别碰着。"等到工人将我的镜面、座台和左右两个柜子拆散，仔细用旧棉被包裹好运走时，她才颓然坐在床上目送我跟着别人离开。

我流浪到三藩市街坊的古董铺子，转了两三家，也没有什么人特别留神。后来又被另一个地区的小古董店批购过去。当初是摆在进门醒目的位置，但日子久了，便逐渐被移往后头，在店铺靠近后门的墙壁下站了许多年。我这暗褐色的外表，在光线幽昧的后段，就越发不起眼了。普通客人多数只在比较光亮的前段浏览，或者中意什么买回去，更多的人只是看看而已。尘埃越积越厚，柜子上面又林林总总堆放了许多不值钱的小东西。沦落到如此地步，连我自己都不能相信，从前曾经有过众人争睹的风光时期哩。

一直到那天一对中国人模样的夫妇进来，他们看到我，眼神为之一亮，尤其那位妇人，对我爱赏不已，定神凝睇，左右前后地观察，又用手指抚摩浮雕的许多仕女。事隔多年了，但我在她的眼睛里看到老爷子往昔的神色。我便知道自己即将有一个归宿了。

果然，第二天我就被清理搬运过来了。那时候，他刚刚购买这幢房子，家具未全，我就被安排在这个最醒目显著的位置。虽然旧漆稍褪，所有的浮雕都毫发未损，反而增添一些古雅趣味。勤加拂拭，微微打蜡后，我几乎又恢复往日面貌了。

至于你们大家在我来到以后陆续被搬进来，我虽不言不语到今夜，却是内心喜悦的。是何等的缘分哪，能够同聚于一堂！

是啊，我算是较晚来参加这个组合的，而且也算不得什么有历史缘由的家具，能够与大家相处一段时日，感到十分荣幸。其实，我们这一式两座的沙发椅是全新制成，由主人订做，以取代原先那一套丝绒已损的旧沙发椅。我们因为是最普通的家具，没有任何时间上的负担，所以占据了客厅这个中心位置，成为主人与宾客们最喜欢随意闲坐的地方。

方才听大家叙说过去，不无感慨。人把我们制造完成，只要妥为照料，我们可以生存得比他们更为长久。说不定五十年、一百年以后，如果我能够安然无恙，也可以像你们那样子冷眼热眼看尽世态炎凉呢。

原来，轻声微谈是源自众多家具。

是温柔的晚氛终于解冻了永恒的玄默吗？抑或是澄净的月色始乃感悟了钝顽的听觉吗？奇妙的交谈竟如同清泉汩汩倾注成聪。宇宙间另有一种声音，如此清晰如此委婉，于万籁沉寂时幽幽传出，沟通彼此，委实令人讶异。但我亦不忍心打断这深夜幽渺，遂蹑足重回不眠的衾枕，仍留一屋子说谈于背后月下的厅中。

A

1

不是不思念，但是近日来我一直犹豫着，不太敢拿起电话筒拨那个长途电话号码。

上一回拨过，没有人接。我忐忑不安许久，接着又拨了她给我的另一个号码，传来年轻而清脆的声音："啊，真对不起。我的母亲还是住在原来的地方，她只偶尔才来这里。"是很有礼貌的京都口音。A 没有女儿，称她"母亲"的年轻女性，大概是她的媳妇吧？

放下话筒，我觉得心头释然。"知道她健在就好了。"我跟自己说。其实，电话所能谈的内容有限，终不及见面时话题自然涌现。上一次和她见面是多久以前的事了？两年前？或许是三年前。

两三年前，我趁着去四国和东京旅行之便，特别安排单独在京都住两日，便是为了与 A 见面叙旧。

"啊，真不好意思。这么老了。"在旅馆大厅相见时，A 的第一句话便是此。其实，每数年重逢，她都会说同样的话。人都会老，不可抗拒地逐渐变老。只是那一次似乎是显然地更老一些。她已经不再慎重地穿着和服来和我相见，"穿和服，太费力气。" A 解释说。不过，显然是经过一番挑选，她刻意穿着一套丝质的雅致洋服，上面还罩着一件蕾丝的短外套。头发也染成流行的深褐色，而且淡淡地有脂粉在面庞上。但是，背部有些佝偻，使她看来身材变矮了一些——在日本人当中，她原算是较高大的。

然而，A的好强与心思细密，依然如故。

得悉是专程为她赴京都，她特别为我安排了第二日的中午在郊外的笋料理店"锦"辟室餐叙。"从前，我自己也开料理店，这个风雅的店，说实在的，多少是我妒羡的对象。"在那间六席大小的纯京都式布置的房间坐定后，A对我说。"现在，我不再开餐馆了，也比较有闲工夫，一直想介绍你来这里。接到你的信后，我马上就想到这里，所以早早就订了房间。本来有点担心，不知道你来时笋上市了没有？还好，今年是早暖的春天。笋才开始上市。"依然是绵绵的京都口音。

那所料理店有宽敞的庭园，树木、花卉、池泉的布置，甚为精美；尤其难得的是火红一色的杜鹃满园。我们两个人席地而坐，面向敞开的窗，眼前是一片新绿与盛绽的艳红，当下是精美的笋全餐。与A交谈着，有一种奇异的感觉，时间仿佛凝结住了。不能相信，我和她相识已经悠悠流逝了三十个年头。

次日，A所安排的是午后在祇园的传统舞蹈表演"都踊"。也是许多年前我们曾经共同欣赏过的节庆之一，可能两个钟头的观赏，加以两日连续的聚叙，归途中，A颇显得劳累。"你先慢慢走，我休息一会儿。"每走五十米或一百米，就得找河边路旁的石凳憩息。终于她腼腆地说："咱们取消今晚上的餐约好不好？"那是我赴东京的前一日，本来讲好由我做东，两人要共餐再叙的。但是，我不忍心让A太过勉强。"我老了，都快八十岁了呢。"A极力想说得轻松自然，毕竟掩饰不住苍凉之色。

临时改由我叫计程车送她回家。

一路上，两人都不多言。车在华灯初起的左京区疾驶。两边流过的红黄灯光，似不可挽回的岁月。我心中忽然隐隐作痛。这样的会见，不知还有几次？

车在如今她单独居住的那幢餐馆前停下。我坚持要送 A 到屋前，看她开启大门进入。如今已歇业的餐馆，因女主人昼间外出，所以漆黑一片。A 在黑暗中摸索皮包，好容易才寻找到钥匙。

告别时拥抱她，才发现，原来她竟也变得如此单薄。

2

再前一回见到 A，也许更在数年以前。

我记得也曾经到餐馆会见她。当时全日本都受到泡沫经济的影响，许多产业一蹶不振。A 所经营的京都料理店，原是那一带极负盛名的一家，也支撑不住而歇业了。

自从丈夫死后，由次子继承事业的这个店，在负债的情况下，已失却往日的光辉，多时乏人维修的店，空有高大坚固的支架，但草席、桌几、屏风、帷帘等都已经黯淡旧损。

儿子一家都已搬出去，A 独自把楼下那间有围炉的房间聊充居处。她让我脱了鞋子上去。"不嫌弃的话，请上来坐坐。这么杂乱，真难为情啊。"她羞赧地说，"人都走了。厨师、工人，连家人也离开了。我一个人还舍不得离开。毕竟，这里是丈夫和我胼手胝足建立起来的房子哪。你看，这些支柱，这些梁木，都是真材实料的桧木。想当年，我们多么精挑细选，看着房子一天天完成的。"声音逐渐变成哽咽，眼眶转红。"听说法院要把它拍卖了。……可是全国都不景气，这么大一个房子，要卖也不容易，所以拖了几个月都没声息。我就暂时这么窝着，一天过了又一天，看看撑到什么时候。反正是孤独老妇。"

我十分不忍地握住 A 的手。她的手粗壮如男人的手，在深秋时节，寒冷而干涩。

我是记得她这双手的。因为一向操劳店务不肯稍息而自然长成这么粗壮的手。可这双粗壮的手，也曾经拥抱过丰实的生命内涵。例如她写得一手好毛笔字，她擅弹三味线。也就是由于身为料理店的女主人却兼具许多文学艺术的修养，她原本平凡简单的生命变得繁华而复杂。

"H 教授呢？他近来好吗？"我忍了许久，终于还是不得不问。H 教授是 A 相恋半生的情人。三十年前我居留京都时，A 透露的秘密。对于这次迟迟不提 H 教授的话题，我觉得纳闷。

"他死了。去年。"这么重大的消息，出自 A 的口，竟是意外地平淡。"H 教授死了！去年？他死了吗？去年吗？"令人难以置信。"怎么会呢？什么病呢？那么，他的太太呢？"对于这样意外的事情，急切想知道真相，而且想知道的真相太多。

"我也是事后才知道的。"A 幽幽地说，眼睛看着我，却似乎不是在看我，在看着我背后什么遥远的地方。"你知道的，我们近年来已经没有往来了，自从那次事件以后。"关于那次事件，她曾经告诉过我。

"我既然决心抽身，便疏离了。决心不再听他的电话，不再应他的邀约。他病的事情，是很久以后才听人说起。"我不能相信。急切地追问："什么病呢？怎么也没告诉我呢？""据说是失忆症，也就是老人痴呆症。据说他太太也几乎同时罹患了那种病。"我眼前浮现了 H 夫人的影像。瘦小、平凡、多礼，却没有什么情趣的一位妇人。我记得以前每次趋访 H 教授时，他的妻子总是在玄关跪坐迎送，说着一大堆没有内容的客套话。是一位典型传统的日本妇女。

"两个患了失忆症的老人待在家里，太危险，太没有保障，所以大概是他们的儿女把两人送到疗养院去了。"A倒是将自己所知尽量详细告知，"也拖了一两年，或者更久吧？唉，曾经想打听打听，去探望他们，他们……好像是郊外什么医院呢。可又怎样？去看了又怎样呢？"平淡的语调，说到这儿，变得有些激越起来，"你说，经过了那么多事情的变化，怎么能够去看他呀。"

"即使去看了，他也已经不认识我。跟他说什么？能为他做什么？……还不如保留一个美好的印象。我自己也老了，承受不了大的刺激。"她的眼眶湿润起来。"后来，后来，听说死了。我连他葬在哪里都不知道。我跟自己讲：就当作葬在我心里。葬在……我心里吧。究竟跟他是有过三十多年的缘分的啊……"A仿佛是说给自己听一般，声音极其微弱。眨眼时，两行泪水沿着多纹的面颊流下来。

难道这就是三十年前亲口对我说"如果有一天他罹患癣癫麻风病，人人都嫌弃他，家人把他丢到街边，别人都不屑一顾，我会满心喜悦把他捧回来"的那个妇人吗？世事人情，难以逆料。

3

三十年前，我单身赴京都研修。名义上的指导教授H对我说："你已经有自己的钻研领域，不需我指导，尽管利用这里的图书馆吧，有什么难找到的书，再找我想办法好了。不过，你是我的第一位女性导生，生活上的问题，有时候不方便同我商量。我给你介绍一位女士，你们认识以后，比较方便，可以随便谈些属于女性的事情。"

H教授所谓的女士便是A。

A所主持的京都料理店在左京区较安静地区，是一幢两层楼古色古香的日式木造建筑物，风雅而气派，以料理精致别具一格而颇负盛名。由于地近大学和研究所，而女主人雅好文艺，所以又成为学术界和文化界人士常聚叙的场所。

H教授为了介绍我认识A，专程邀请我到她那家风雅的餐馆。当天晚上，我特别穿了一件旗袍以示隆重，又给女主人准备了一份礼物，聊表心意。女主人也着和服款待，显现其重视其事。

A虽然不是特别美丽，年华也显然向晚，但举止言谈自有京都女性的温婉风韵。在那一间颇具特色的"紫之间"，她善尽女主人之职，时则为我们布菜斟酒，时则恰如其分地附和谈助。随着酒兴愈浓，H教授严肃的态度也愈形松弛。他和女主人之间的交谈与表情，似乎相当亲密，令在一旁的我，有些尴尬不自在。H用中国话对我说："我和女主人是很多年的朋友。她很热心，心地善良，所以我才介绍你们认识。以后，你们多多见面吧。哈哈哈……"他的脸庞大概是因为喝多了酒，变得油亮而通红，是我此前所未认识的H教授。

A果然是一位十分热心的妇人。她较我年长十余岁，待我如长姊，照拂我生活起居的细节，无微不至。天气渐转凉时，领我去购买日式电暖炉，更将她自己的上质轻裘大披肩借给我用。"京都的冬天挺冷的哟。从睿山吹下来的风，真有刺骨的寒意。你一个人在异乡生活，可千万别着凉生病才好。"殷殷叮咛，令第一次离家独居的我衷情感动。非仅如此，每逢星期二的周休日，她总是安排种种节目，介绍我认识京都的名园古刹，或陪伴我欣赏当地的传统舞蹈、戏剧，乃至于民间风俗百态。"希望我这样子缠住你，不致太影响你的研究计划。"她反而似有愧疚地对我说。

相见次数增多后，彼此谈心的机会遂亦增加。除了投缘的契机外，第一次得到能够用自己的语言沟通的同性朋友，或许是 A 如此愿意与我倾心相谈的原因吧。从累积的谈话内容，我不仅渐渐对她的生长背景、家庭生活等自然有所认识，彼此之间的友谊也显著地稳固起来。

也或者是因为友谊趋稳的缘故吧，时而也有相互戏谑的时候。"你觉得 H 教授如何？"她甚至有一次问我，"作为一个男人，你觉得 H 教授如何呢？"这倒是十分意外的问题。"他很有学问，也很照拂我。""可是，作为一个男人，你觉得他怎么样？你会喜欢他吗？"近乎逼问。"我没有办法回答你这个问题。我一直都当他是一位长辈尊敬的，从未想到把 H 教授只当作一个男人看待。"我说的是实话。

其实，在多次的谈话中，我已经约略晓悉 A 和 H 教授不寻常的关系了。双方都有寻常平凡的所谓"幸福家庭"，但是向晚的年岁，或者也都有婚姻生活的倦怠感吧，由于 H 教授经常利用 A 的餐馆招待宾客，他们之间可能自然产生了情感。我的突然出现，且又日日在同一个研究所与 H 教授会见，或许带给 A 某种下意识的警觉。事后我才晓悉，A 对我异乎寻常的热心，起初大概系出乎一种防卫的心态。

两个人之间既然已建立友谊，得悉我对 H 教授完全没有任何特殊情愫，A 看来释怀放心了。我在京都，只是一年的过客，那样的处境也许给她某种安全的距离感，同时也可能造成她急于倾吐积压于内心的隐秘吧。

"请你不要看不起我。我不是一个水性杨花的女人。我和他……唉，是宿缘吧。我爱我的家庭、我的三个儿子。我恪尽为母的责任。我的先生，虽然没有读过什么书，但他为人憨厚，是一个善良的男人。"一次小聚之余，A似乎不克制地对我告白。

"你也知道的。对方的太太是一位典型的所谓'贤妻良母'，说得……什么一点，实在没什么情趣。认识了我以后，H教授说，他的生命重新燃烧了起来。他每写一篇论文、出版一本书，都说是我给他的爱情的力量。他说：'对外没法子讲，可是，每一篇文章，每一本书都是献给你的。'我何其荣幸，这么平凡的我，怎么承担得起？只有加倍用爱情来回报他。果真我的爱能对他的学术研究有一点点的贡献，粉身碎骨也在所不惜……"A被她自己的话所感动，声音竟然颤抖起来。

"认识你以前，这些话只能藏在自己心底。我埋藏了许久啊！觉得很幸福，也觉得很愧疚。请你不要笑我。这初老之身，竟像少女似的陶醉在爱情中。我们这个年纪，不像你们，有恋爱的经验。我父亲在祇园开一家料亭，我们三个姊妹都继承他的遗业。我高中毕业，年纪轻轻就相亲，嫁了丈夫。父亲看中了他老老实实的性格。说实在的，他为人是没得挑剔的，也很勤劳。结婚三十年来，我们一点一滴积蓄，除了祇园的本店，也另建了这个店，由我来负责。想不到，这个店竟成为我和H教授结缘的地方。

"命运吧？这一切要怎么说才好呢？我都这么大年纪了，才初次尝到恋爱的滋味。真是难为情。可是H教授说：'爱情是没有年龄限制的。'我知道自己的孽障，所以也加倍对丈夫好，加倍对儿子们好。我这样做，能补偿所犯下的罪过吗？"仿佛告解似的，A不能自已地说下去。

也许内心的秘密有了舒泄之处以后，A的负担稍得缓和了；不过，陡然知悉他人隐私的我，却增添许多不可名状的苦恼。

我日日仍赴研究所的图书馆查书撰写论文，也经常会遇见H教授，却不再能够像往常那样面对他了。看到他，我无法不想起A对我的告白，而要装作若无其事，什么都不知道，确实不太容易。

　　一年的研修计划将近尾声时，京都也因进入夏季而逐渐燠热起来。一日近黄昏时，突接A打来电话："能不能现在来看你，有要紧事情相告。"声音异乎寻常，微微颤抖而且激昂急促。我刚刚从图书馆回到住处，八席榻榻米大小的日式二楼房间，颇有些闷热。犹豫了一下，告诉她："到我住处对街的那家咖啡馆见面吧，十五分钟以后。"其实，那家稍嫌简陋的店，称不上咖啡馆，兼卖着刨冰及各种甜点。平时客人不多，但因为有冷气设备，倒是适合在热天里叙谈。

　　我先到了。找一处面街的角落坐下。A的店离冰店稍远，我准备她会迟三数分钟才来到，便向侍者要一杯冰水啜饮着，浏览大玻璃窗外的街景。走过玻璃窗前的男男女女行色匆匆，有的人一边用手帕揩拭着额际的汗。芸芸众生，各有各的归宿，不知道他们行经这一大片窗外，要走向哪里？也不知道每人心中都有些什么样子的底蕴暗藏着？想到归期已近，觉得这一切，无须太过关切，但在这里住了一年以后，难免又有种依依和关切。

　　A必定是在我一时陷入复杂的思绪时走过我视线范围的，我甚至也没有注意到她几时推门进入店内。待她站立桌前时，才赫然发现，异乎寻常地，她发乱如飞蓬，涨红着面庞的慌张模样。

　　"你怎么啦？"我拉她坐下，为见所未见的形象震慑。"等一等……"她一边掠整着额前、鬓边、项间的发丝，勉强挤出笑容对侍者吩咐，"请给我一杯红茶。"

　　"你到底是怎么啦？"等A的红茶和我的咖啡都端来后，我又迫不及待地追问。她的头发看起来比较平整一些，面庞上的红潮也渐褪下来。

　　"我刚刚和他会见过……"A大概在思索着如何启齿。"那，那怎么会这样子呢？我是说你怎么会变成这样子呢？"相识以来，我第一次见到如此狼狈不堪的 A。"H 教授，他打了你吗？怎么叫你变成这样子？"我实在不懂。

"他，是。他是抓了我的头发。可不是打我……"被 H 教授抓了头发？"岂有此理！真是岂有此理！"我忘了自己在公众场合，声音大概是变大了。"嘘！请你安静。"A 反倒来劝服我。

"不是像你所想象的。他抓我头发，不是欺侮我。是……是因为他很爱我。他情绪很高亢。"A 的声调意外的没有一丝怨怼的样子。她的眼角嘴边仿佛还流露一种幸福似的表情。"……"我更不懂了。完全不懂。

"要怎么说，才能让你了解呢？"许是见我瞪大了眼睛无言相对，A 缓缓地整理着思路。

"请原谅让你看见我这副德性。也原谅我让你今天来听听我的情绪。以前，我不敢对人说，对你，也一样。不好意思说。但是，你快要离开了，不跟你讲的话，我一个人拥抱着这个私密，觉得快要爆炸了，要崩溃了……

"这样子的爱，老实说，我原来也不懂的。自从遇见 H，和他相爱以后，我才知道世界上还有这样子另外一种的爱的表现。起初，我也跟你一样……或者应该说，跟多数人一样，认为男女相爱是发自心灵的；然后，很自然地情不自禁，想要触摸对方的手、身体、接吻，乃至于性的欢悦……

"可是，H 解释给我听。他说：'譬如，你见到一个可爱的婴儿，很喜欢。你会去抚摸他的头吧？甚至稍稍用力去掐一掐那粉粉嫩嫩的双颊吧？那种动作是惩罚吗？不对。是一种爱的表现。你甚至看到那双胖嘟嘟的小手臂或小肥腿，想去咬它们一口。那也是爱的表现。'

"起初,我不太能接受那样子的爱。他喜欢看我一件一件褪去和服。用那些衣带捆缚我的腰,我的腿,甚至我的脖子……有时令我都快窒息了,才松开。他掌掴我裸露的臀部。在他说来,也许不是十分用力,但男人嘛,很疼的。我都忍住。看他做这些时,格外亢奋,眼睛里充满了欢愉,一面叫着:'爱你!爱你!'然后,又格外温柔而放纵地疼爱我。为了让他爱我,也配合着去爱他,现在我已经能够忍受这些了……不但忍受,有时候,觉得像我这样一个平凡的女人,能够得到H教授这样有名望的男人的爱,何其荣幸!所以我疼痛的时候,觉得幸福……

"他说:'你让我完全奔放地爱你,造就了我写作的动力。'每一篇论文,每一本书出版,他都第一个通知我,先给我看。说:'虽然不能明白写出来,但是,这本书是献给你的。'啊,有生之年得到H这样崇高学术地位的学者垂爱,能暗中给他一种写作的动力,我死也甘心!如果有一天他罹患癣癫麻风病,人人都嫌弃他,家人把他丢到街边,别人都不屑一顾,我会满心喜悦地把他捧回来的。"说这话时的A,眼中噙着泪,感动而幸福的样子。

"以前我不敢对你说这些,怕让你对H教授失去尊敬。请你千万别这样,还是继续像过去那样看待他吧。人都有多层面的,我跟你讲的,只是他不为人所知道的一面,这跟他的学问、人格没有关系。所以也请你继续听我讲今天所发生的事情……

"今天下午快下班时,他打电话给我,叫我去研究室。我算准了他的助理N小姐已经离开后,带了一些点心过去。他看到我,特别高兴,特别兴奋,也顾不得吃点心,把门锁住,便热烈地拥抱我,又揪住我的头发,把我按在屏风旁边的沙发椅上。不久,忽听到外面走廊上有高跟鞋的声音喀喀喀响,接着,有人从外面在钥匙孔里伸进锁匙。他快速地跳过去,死命握着门把,不让对方打开。

那大概是 N 小姐忘了什么折回来的吧。双方隔着一扇门，一个想打开，一个不让打开。僵持了一会儿。因为走廊昏暗，看不清楚的吧？N 小姐只好放弃，不久，听见脚步声离去……H 教授浑身是汗粒，手掌因为过分用力，都红肿了。我吓得直哆嗦，过一阵子后，也顾不得他挽留，穿起衣服便离开了。"

"喏，你看。" A 掀起和服的长袖。她的上臂青紫斑斑净是淤血痕迹。

我在开放着冷气的冰店里感到反胃，不自禁地战栗起来。

4

等到夏末的祇园祭过后，我的归期也就在眼前了。

祇园祭的前一夜叫作宵山祭。京都中心的闹区，不论商店或民家都洋溢着节日气氛。许多地方展示次日游行的轿舆，而许多人穿着清爽的日式便装——浴衣，足蹬木屐，手持团扇，悠闲地在巷衖间游荡，赏览那些颇富民俗趣味的各种轿舆。

H 教授夫妇邀请我晚餐后一起去游览，而 A 也答应作陪。那天晚上，大家都穿着浴衣。我也穿上 A 所赠送的一袭白底蓝花浴衣，并为了配合那交叠的领口，刻意将一年来留长的头发挽起，配上一支红黑两色的漆簪，十足是东洋女性的装扮，自己都觉得相当的异国情调。

我们约好七时半在 H 教授的门口相见。我依约抵达时，H 教授夫妇和 A 三人已在石板小径的石灯笼前等着我。"你这一身浴衣很好看啊！"他们三个人异口同声称赞。

H 夫人在临行前，忽想起去取买好的纸团扇。"你们稍稍等一下，我进去拿扇子，马上就来。"她歉疚地鞠躬，拉开玄关的玻璃门，慌慌张张脱了木屐上去。"你老是这样子，忘东忘西的！"H教授对着妻子的背影责备着。H夫人边登上屋里的榻榻米还边欠着腰。

我和A并肩站着。H教授在高一层的石阶上居于我们两人的中间。我正想找些什么话题来填充等待H夫人的时间，没想到这时H教授突然用双手将A的头和我的头互撞。

那只是一瞬间的事情，猝不及防。我的头角被那样猛烈地一下撞击，剧痛如裂，眼泪几乎要落下。

我用手掌去揉那疼痛的部位，瞥见A也正搓揉着她的头。究竟是怎么一回事？还来不及想出道理之前，已听见H夫人一面道歉着："对不起，对不起，害你们久等了。"一面套上木屐，走出来，关门。她把手上的团扇一一分给大家。接扇子时，我瞥见H教授完全像没有发生过任何事似的微笑着。

四个人一字排开，在禁止车辆通行的街道上依原定计划闲步赏览。

走着走着，额角仍觉得痛，我心中似乎慢慢明白所以。但是，归期在即，而且既然已经答应了A要保守秘密，便只得伪装若无其事。

那晚上，四个人之中，有三个人是伪装若无其事地闲步赏览宵山祭的。

5

离京都之后，A与我的友谊仍然持续维系着，靠着信函往返，偶尔也通过长途电话。

A的毛笔字很美。兴致好时，她会用古雅的信笺写草体和文的信给我。至于内容，除了告知京都的时序推移之外，也多言及她的生活心态；当然，她和 H 教授的爱情欢愁是主轴。

　　A 的信，绵绵一如她京都口音的叙述。而她的信一封接着一封寄达，令我不得不在离开了京都之后仍继续聆听她和 H 教授的故事。

　　在我别离京都的翌年，A 的丈夫因为参加一个全国性的餐饮公会盛事而赴东京。不幸，在归程的东京车站，突罹心肌梗塞症，倒地不起。A 和他们的三个儿子都在京都，赶赴现场收尸的人，竟是因为退休后隔周赴东京某大学讲学的 H 教授。

　　"你说，这是怎样的一个命运安排？冥冥之中注定如此的吗？接到东京警察的电话告知时，我心乱如麻。他们问我，东京有没有亲人？我一时竟将 H 教授住宿的旅馆电话告诉了警方。我和儿子们搭车赶去东京时，我的丈夫已在停尸间里罩着白布。H 一直陪着。还在头上方点了一炷香……我这个罪孽深重的女人啊。"

　　在一封长信中，A 这样写着。

　　可是，自称罪孽深重的 A，在丈夫死后，并没有断绝与 H 教授的情爱。

　　大约是七八个月以后吧？我不甚记得，但我记得 A 在长途电话中告诉我，她将依照丈夫生前的计划，参加往赴欧洲的旅行团，H 教授夫妇也在内。那好像是京都、大阪地区组队的中老年人旅游团体。

　　"我的丈夫也去……我早已想好，所以捡骨灰的时候，就特别留下了一节手指骨。我用一张洁白的手帕小心包好那根骨头。我要带他去。他一辈子辛劳，没有到过外国旅行。我要让他完成这个心愿。"

　　A 充满诚意的声音从电话的那一端传来，令我十分感动，却也叫我不觉汗毛尽竖。

然而，那一次的旅行却成为决定性的一次大事。

印象中很久一段时间里没有收到A的信，也没有电话联络。我自己忙着学校与家庭的许多事，便也无心多思。

尔后，有一天收到另一封长信，意外地将她准备与H教授绝交之事告知。导火线是发生在欧游的旅途中。大概是由于疏忽，偷情相拥被H夫人撞见。信中充满羞愧、自责、悔憾与无奈。

"那天早晨，大伙儿一起吃早点，我先走一步，回房间整顿行李。没想到，H教授尾随而至，说他也找了个借口脱身；更没想到，我们正相拥的时候，H夫人突然出现在门口。大概是H教授进来后，我忘了锁上门……

"你可以想象当时的窘况。恨不能掘个地洞消失，也恨不能死掉算了……

"一切都完了！三十多年来小心隐藏的秘情，毁于一旦。

"可是，我如今细想，H夫人说不定早已知觉。女人的第六感应该很灵敏的。也许，她只是一直伪装不知情，没有撕破脸皮罢了。……

"这件事也给了我一个彻底反省的机会。这么多年以来，爱固然给了我许多欢悦与甜蜜，也让我矛盾、自责、痛苦……我一下子觉得好累好累。何况，我们那样子的爱（你是知道的），我也老了，不堪负荷他那样子对待我。

"这些时日以来，我一直在想：是该做个了断的时候了。不能再这样拖下去。我应当抽身。他还是经常打电话来。可是，我都没有接受任何的邀约。

"啊，多希望你在这里。你是唯一知道我们的事的人，是唯一知道我心的人。幸好，世界上还有一个人知道这事情的始末。

"我不知道自己还有多少年岁可以活？我只知道今后的日子，

193

将会很苦很苦，而且很孤单。也许是罪孽的补偿吧。这残生，我将承担一切，为自己过去的孽障偿债。"

收到这封信之后，我们仍然保持着联系，但毕竟较诸往日稀疏多了。有机会赴日，我总是设法去会见 A。

收拾了爱情后的 A 似乎放心去面对老境，索寞孤单地步行着人生余下的路途。每一次见面，都会使我感慨无奈。

岁月悠悠，欢愁无涯涘。